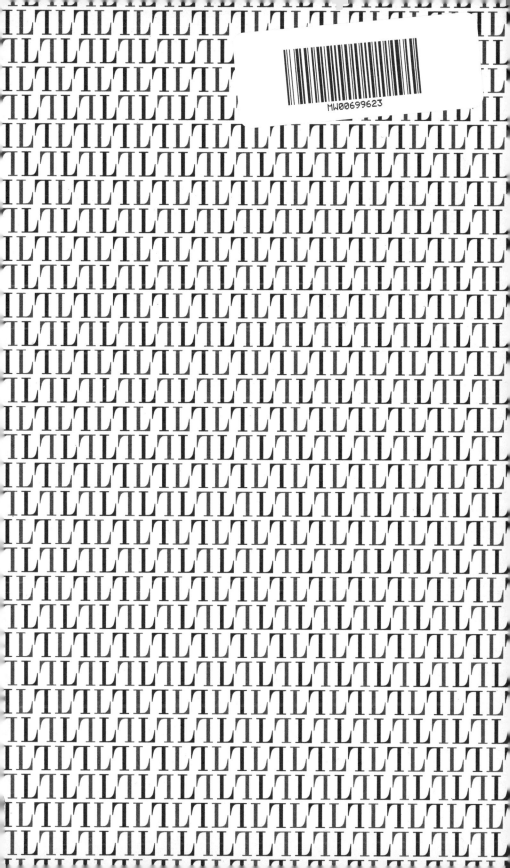

MW00699623

Monstruos marinos

Monstruos marinos

Chloe Aridjis

Traducción: Ix-Nic Iruegas Peón

Lumen

narrativa

Monstruos marinos

Título original: *Sea monsters*

Primera edición: febrero, 2020

D. R. © 2019, Chloe Aridjis
Curtis Brown Group Limited of Haymarket House
28-29 Haymarket, London, SW1Y 4SP, UK

D. R. © 2020, derechos de edición mundiales en lengua castellana:
Penguin Random House Grupo Editorial, S. A. de C. V.
Blvd. Miguel de Cervantes Saavedra núm. 301, 1er piso,
colonia Granada, alcaldía Miguel Hidalgo, C. P. 11520,
Ciudad de México

www.megustaleer.mx

D. R. © 2019, Ix-Nic Iruegas Peón, por la traducción

ISBN: 978-607-318-952-1

Impreso en México – *Printed in Mexico*

El papel utilizado para la impresión de este libro ha sido fabricado a partir de madera
procedente de bosques y plantaciones gestionadas con los más altos estándares ambientales,
garantizando una explotación de los recursos sostenible con el medio ambiente y beneficiosa para las personas.

Penguin
Random House
Grupo Editorial

"Autónoma, inescrutable y extrañamente cautivadora, como un objeto rescatado de un naufragio que quiere volver al mar."

Katy Waldman, *New Yorker*

"Aridjis improvisa como poeta, dejando que cada imagen se tuerza y crezca hasta convertirse en la siguiente... La fuerza de esta novela radica en su capacidad de dar paso al siguiente truco de magia, al siguiente detalle, a la siguiente imagen. Las imágenes resultan aún más impresionantes al ser conjuradas sólo a través del lenguaje. Al elegir alejarse de convenciones de la ficción como la priorización de la trama o el desarrollo de los personajes, Aridjis privilegia su habilidad para crear imágenes y metáforas. El resultado es seductor por una multiplicidad de la que Mallarmé estaría orgulloso."

Lily Meyer, *Atlantic*

"Una historia cautivadora sobre el poder de la imaginación juvenil, el atractivo de las trasgresiones adolescentes y las inevitables decepciones que les siguen... Aridjis permite que su narrativa se acerque y retroceda como el mar, de la mano de la amplia imaginación de Luisa... Aridjis sobresale escribiendo una vida en la frontera entre la realidad y la fantasía... Además, la voz narrativa, adolescente y precoz, está repleta de frases de extraña belleza y poder. Quizá empiece a leerla de nuevo de inmediato."

Ellen Jones, *Los Angeles Review of Books*

"[Una] novela fascinante… Aridjis transmite la perspectiva de una inteligente chica adolescente que está aburrida; un sueño decadente y solipsístico."

Emily Rhodes, *Financial Times*

"[La obra] de Chloe Aridjis se encuentra entre los libros de ficción en inglés más interesantes de la última década… Aridjis revuelve el cerebro pero no através de pirotecnia hipermodernista, sino con sigilo, socavando la suposición de que las palabras de una novela existen para avanzar la trama… Se disfruta de la compañía de Luisa incluso sin saber a ciencia cierta por qué nos quiere a su alrededor."

Anthony Cummins, *Observer*

"Un trabajo abrasador e hipnótico, sorprendente historia de encantamiento y desilusión."

Laura Esquivel, autora de *Como agua para chocolate*

"La astucia de esta novela yace en la forma tan convincente de capturar ese estado de inquietud adolescente… La lánguida prosa de Aridjis permite que las imágenes cubran al lector desplegándose en frases llenas de comas que transmiten bellamente un estado de inercia."

Francesca Carrington, *Daily Telegraph*

"Leer esta novela desasosegante y evocadora fue como abrir de tajo las venas de mi adolescencia ochentera inyectando el catálogo completo de Joy Division en el torrente sanguíneo. Simplemente hermosa."

Samantha Irby, *Marie Claire*

"La novela de Aridjis sobre un viaje iniciático es rica en ambientes y su narrativa onírica tiene un innegable encanto."

Anthony Gardner, *Mail on Sunday*

"Aridjis atrapa al lector con hermosas y conmovedoras descripciones del entorno, digresiones ensayísticas sobre arte e historia, e irritantes indicios de violencia. Es como una W. G. Sebald más onírica, o como Baudelaire con una banda sonora de Joy Division y The Cure. En Ardijis hay, además, un sentido juguetón que muchos de quienes intentan escribir este tipo de ficción nunca alcanzan."

Willson McBee, *Southwest Review*

"*Monstruos Marinos* es el cofre del tesoro que son las muy bien seleccionadas visiones de Luisa… Este libro me encantó."

Angela Woodward, *BOMB*

"Viajes inesperados, gestas quijotescas, búsquedas encantadas y comunidades misteriosas: todo ocurre al mismo tiempo en la nueva novela de Chloe Aridjis."

Vol. 1 Brooklyn

Soñé en la gruta donde nadaba la sirena.

Gérard de Nerval

Prisionera en esta isla, diría yo. *Prisionera en esta isla. Sin embargo, ni estaba prisionera ni ésta era una isla.*

Durante el día vagaba cerca de la orilla, sin rumbo, deliberadamente y en busca de digresiones. Los perros. Una choza. Rocas. Turistas desnudos. Otros con poca ropa. Palmeras. Palapas. La arena colándose ocre y adrenalina. El agarre ascendente de las olas. Alguna lancha en la distancia con la garganta destellando bajo el sol. Los antiguos griegos crearon historias con la sencilla yuxtaposición de las características de la naturaleza, me contó alguna vez mi padre, otorgando a rocas y cuevas algún significado, pero aquí, en Zipolite, yo no contaba con que naciera ningún mito.

Zipolite. La gente decía que significaba playa de los muertos, si bien se debatían los motivos; ¿era por el número de visitantes que encontraban la muerte en sus traicioneras corrientes o porque los nativos zapotecas traían desde lejos a sus muertos para enterrarlos en estas arenas? Playa de los muertos: aquello tenía un timbre antiguo, ancestral, algo que despertaba tanto temor como respeto, y tras oír sobre las almas desafortunadas que cada año quedaban atrapadas en la contracorriente, decidí nunca meterme más allá de donde podía estar parada. Otros decían que Zipolite significaba lugar de caracoles, una idea más atractiva ya que las espirales son prolijos acomodos del tiempo y el espacio, y qué son las playas si no una conversación entre elementos, un movimiento constante hacia adentro y hacia afuera. No obstante, mi explicación favorita, obtenida de una única persona, era que la palabra Zipolite no era más que la corrupción de la palabra zopilote, y que cada noche un buitre muy negro envolvía la playa entre sus oscuras alas y se alimentaba de cualquier cosa que hubieran dejado en la playa las olas. Es más fácil reconciliarse con los lugares soleados si es posible imaginar sus contrapartes nocturnas.

Cuando caía la tarde me dirigía al bar y pasaba horas bajo aquel universo de paja, una gran palapa en la orilla del Pacífico amueblada con bancos, mesas y palmeras miniatura. Ahí era donde todos los barcos llegaban a recargar combustible, con jarabe en los cocteles para aumentar la dulzura, y yo imaginaba que todo era tan artificial como aquella bebida de color azul eléctrico, que las palmeras miniatura se volvían artificiales con el crepúsculo mientras la clorofila luchaba y la vida abandonaba al verde, que los bancos de madera se convertían en laminado. A veces bajaban la intensidad de las luces de las lámparas colgantes y subían el volumen de la música, la señal que esperaban los borrachos y los medio borrachos para subirse a bailar a las mesas. La costa atravesaba cada rostro, destruyendo algunos y mejorando otros, y había momentos en los que, tras suficientes recordatorios de la humanidad, buscaba a los perros quienes, como todos en la playa, iban y venían según su estado de ánimo. Aparecía algún hocico curioso o un par de ojos brillantes se asomaba desde la orilla de la palapa, observaba la escena a su alrededor y entonces, con frecuencia, al no encontrar nada de interés, se internaba de nuevo en la oscuridad.

Al poco tiempo fue evidente que aquel bar en Zipolite era lugar de encuentro de fabuladores y todos parecían inventar alguna historia conforme avanzaba la noche. Una chica pintora, con labios como de caricatura y ojos entrecerrados, dijo que su novio había tenido un infarto en el yate y que había tenido que dejarla en el puerto más cercano ya que su esposa estaba a punto de llegar en helicóptero con un médico. En un tono más sereno, un alemán muy alto explicó a todos que era representante de la Asociación Alemana para la Protección contra la Superstición o Deutsche Gesellschaft Schutz vor Aberglauben —el nombre lo escribió en una hoja de papel de fumar para que lo leyéramos— y que había sido enviado a México tras un periodo de trabajo en Italia. Una actriz zacatecana de la que nadie había oído hablar insistía en ser tan famosa que habían nombrado en su honor un teatro, un planeta y un cráter en Venus.

¿Y tú? preguntaba alguien al verme escuchando tan atentamente. ¿A ti qué te trajo aquí?

Yo me escapé, les decía. Yo me fui de mi casa.

¿Tus padres son malvados?

No, en absoluto…

… Estaba en Zipolite con un chico. Me fui de casa, principalmente, por un chico.

¿Y dónde está ese chico?

Buena pregunta.

Y ¿*quién* era ese chico?

Otra buena pregunta.

Pero aquello era también una verdad a medias. También vine aquí por los enanos. Por inverosímil que parezca, vine aquí con Tomás, un chico al que casi no conocía, en busca de una comparsa de enanos ucranianos. Y si me detenía a pensar en ello más de un instante la situación era casi enteramente mi culpa. Por tanto, no era de sorprender que tener pensamientos reconfortantes fuera poco habitual. No sentía calma, pero sí un adormecimiento profundo, como si estuviera atorada a la mitad de un sueño, un sueño del que parecía no poder salir y, no obstante, darme cuenta de ello no me molestaba.

La palapa contenía la promesa de una cosa al tiempo que la animada conversación y los cocteles de mal gusto entregaban otra cosa distinta y, una vez que me hartara, volvería a mi hamaca por la playa oscura y observaría sombras avanzando y replegándose, sin estar nunca segura de quiénes o qué eran. A veces veía pasar a Tomás, su sombra fácil de identificar entre el resto y, aunque mantenía cierta distancia, lo reconocía instantáneamente: alto y delgado, de andar gallardo, casi como un títere de madera y tela encasquetado sobre una mano gigante.

En ocasiones me veía obligada a explicarme a mí misma y a algún testigo la forma como había terminado en Zipolite con él.

Él había aparecido como un imprevisto, como un imprevisto en la composición; en un instante, no hubo otra manera de expresarlo, había comenzado a aparecer en mi vida en la ciudad. Y ya que todas las apariciones son perturbaciones, ésta en particular necesitaba ser investigada.

Al principio ni siquiera me gustaba gran cosa. Sería más exacto decir que me intrigaba. Era una tajada de oscuridad en la llamada calma de la mañana. Aún recuerdo gran parte de los detalles: la luz rosada que bañaba la calle, pintando las puntas de los árboles y las ventanas superiores, las tiendas cerradas y las cortinas corridas, y la única persona con la que me había encontrado en medio de la quietud, que era el organillero anciano con el uniforme caqui, sentado en una banca puliendo el organillo con un trapo rojo antes de partir hacia el centro de la ciudad. "Harmonipan Frati & Co. Schönhauser Allee 73 Berlin", se leía en letras doradas en un costado del instrumento, pero el organillero en realidad vivía en La Romita, la zona más pobre de la colonia Roma, aunque siempre iba a la plaza cerca de mi casa a pulir el instrumento, preparándose para pasar el día frente a la catedral. Ninguna persona como él había estado jamás en Europa, pero llevaban aquel continente en el instrumento, en el uniforme y en los modales nostálgicos y anticuados.

Y fue mientras estaba ahí sentada comenzando el día que vi aparecer otra figura: un joven vestido de negro, alto y delgado, pálido y despeinado, que se acercó al organillero y le dio una moneda —asumí que era una moneda, ya que lo único que vi fue el destello de un objeto pequeño que cambiaba de mano— y siguió su camino. El anciano asintió con sorprendida gratitud; probablemente estaba acostumbrado a recibir limosnas cuando producía música, no silencios, y ahí, a aquella hora de la mañana, había aparecido aquella ofrenda.

A pesar de tener que tomar el camión de la escuela a las 7:24 seguí a aquella persona que caminaba de prisa por las calles paralelas a las que yo normalmente tomaba, frente a los mozos que barrían la calle antes de que sus patrones despertaran, y los indigentes acurrucados en los pórticos de las casonas que comenzaban a desperezarse. Pero cuando di la vuelta en la calle de Puebla mi mapa interior gritó y apurada desanduve la ruta, para llegar justo a tiempo a abordar el camión en la esquina de Monterrey y la avenida Álvaro Obregón. Las calles silenciosas se desvanecieron al instante en que subí en aquel vehículo de los despiertos, despiertos gracias a la New Wave. Eran cuatro, tres chicos y una chica —hermana de uno de ellos— y colonizaban las últimas filas con su pelo rubio y los peinados asimétricos, siempre con un mechón eclipsando un ojo, los pantalones enrollados para mostrar sus zapatos puntiagudos de agujetas, pero las colonizaban sobre todo con su estéreo, porque se reafirmaban y se comunicaban casi exclusivamente a través de la música —Yazoo, Depeche Mode, The Human League, Soft Cell y Blancmange—, y fue así, tras un primer vistazo a Tomás, que empezó mi día.

En Zipolite el sol abrasaba la arena y las partículas de calor, libres para vagar a su gusto, se disipaban en el aire. Pero nuestra Ciudad de México se sitúa en un valle rodeado por montañas. Sistemas de alta presión, corrientes de aire debilitadas, altísimos niveles de ozono y de dióxido de azufre y una cuenca geográfica: una convergencia perfecta de factores favorables a la inversión térmica, según los expertos. El nuestro era un mundo de refracción en el que se curvaba la luz produciendo espejismos, y el sonido se curvaba también amplificando el rugir de los aviones cerca del suelo. Y cada vez que algún evento en México retaba el orden natural de las cosas, algo que ocurría con frecuencia, mis padres y yo lo llamábamos inversión térmica.

Inversión térmica cada vez que algún político se robaba millones y el gobierno lo ocultaba, inversión térmica cuando un narcotraficante infame escapaba de alguna prisión de alta seguridad, inversión térmica cuando el director del zoológico resultaba ser traficante de pieles de animales exóticos y desaparecían dos cachorros de león. Pero la verdadera inversión térmica también existía y algunos días la contaminación del aire era tan feroz que regresaba de la escuela con los ojos ardiendo y todos, desde los taxistas hasta los titulares de los noticieros, se quejaban del esmog, y el gobierno no hacía nada. Las nubes sobre nuestra ciudad eran una pizarra inamovible, granito y plomo, y apenas el año anterior las aves migratorias habían caído muertas desde el cielo; agotamiento, dijeron los funcionarios, murieron de agotamiento, pero todos sabíamos que el aire envenenado había acabado con su viaje antes de tiempo, plomo en forma de moléculas dispersas, más que compactadas en forma de bala.

Al principio pensé que la inversión térmica sólo era posible en la ciudad, y luego me pareció que era posible en Zipolite en forma de un motociclista suizo vestido de cuero negro: sus movimientos restringidos por los apretados shorts y el chaleco de piel, pasaba todo el día tomando cerveza en la arena, y su gorra de cuero negro seguramente era un imán para el calor y nunca se metía al agua. Pero pronto comencé a soñar con otras formas de inversión, por ejemplo, en reemplazar a Tomás por Julián, mi mejor amigo. Sí, si Julián estuviera aquí, de alguna manera tendría una mejor perspectiva de la situación actual o, por lo menos, un verdadero cómplice ya fuera conversando o en silencio.

Pero Julián estaba en la ciudad. Estaba en la ciudad, en el último piso del Covadonga; ésa era su dirección, el elegante billar cerca de la esquina de Puebla y Orizaba. Los meseros del

Covadonga se verían muy graciosos en Zipolite, como pingüinos en la playa con sacos y corbatas de moño y la imperturbable expresión de los hombres que han visto muchas cosas a lo largo de décadas. Aquel lugar existía desde los años cuarenta y algunos de ellos, según mi padre, trabajaban ahí desde la juventud. En la planta baja estaban las mesas de billar, en el primer piso había un restaurante, en el segundo, un salón de fiestas. Julián vivía en el tercer piso, reservado para las bodegas y para los músicos invitados. Se había hecho amigo de Eduardo, uno de los meseros, y como no tenía a dónde ir después de abandonar la universidad y pelearse con su novio, su hermano y su padre, aceptó la invitación a vivir en aquel lugar con la condición de salir de ahí cuando el dueño, que vivía en España, visitara México, o si había que hospedar a algún trío o dueto o solista que estuviera de paso.

Los cuartos del último piso tenían una serie de cosas medio vivas: sillas y mesas plegables, algunas en filas contra la pared, una bombona de gas conectada a una estufa de cuatro hornillas con una estructura de metal que parecía hecha de vértebras, y una hielera roja con las letras CERVEZA CORONA en azul. La última habitación tenía un catre en el que dormía Julián bajo una montaña de manteles, rodeado de cajas con mantelería doblada y lámparas tubulares fluorescentes. Del techo colgaba una difunta bola de disco a la que le faltaban casi todos los espejos; la única luz que había entraba por las ventanas en forma de ojo de buey. En esos cuartos pasé muchas horas con Julián y su estéreo marca General Electric que devoraba las baterías D que requería. En un rincón estaba la guitarra con el logotipo de Camel por la que su madre había fumado doscientas cajetillas de cigarros; con los cupones obtenidos de las cajetillas y algo de efectivo, la había comprado para regalársela a su hijo en Navidad. Pero Julián casi nunca la tocaba, ya que le parecía que su madre había muerto por aquella guitarra.

La hielera de CORONA siempre estaba bien abastecida, casi siempre con Sol o Negra Modelo, y nos sentábamos en las sillas plegables y dibujábamos el futuro, cambiándole los detalles cada vez, mientras nos paseábamos juntos por un paisaje de quizás. Quizá él sería escultor, o músico de rock. Quizá yo sería astrónoma o arqueóloga. Quizá se asociaría con el dueño del Covadonga y algún día podría heredar los cuatro pisos. Varios días a la semana iba ahí después de la escuela, sobre todo cuando mis padres no estaban en casa, y me parecía que aquello era lo más cercano que estaría de tener una hermana. A veces llevábamos dos sillas hasta el angosto balcón desde el que se veían la aguja y el rosetón de la Sagrada Familia, la iglesia de la colonia, aunque, como ocurría con muchas vistas de la ciudad, estaba atravesada en diversos ángulos por marañas de cables. Si el día estaba lluvioso o muy contaminado metíamos las sillas y oíamos el radio. Una estación tocaba canciones inglesas y Julián la tenía sintonizada siempre, si bien de vez en cuando buscaba la estación pirata que daba noticias no oficiales, un rápido vistazo a la realidad antes de volver a nuestras fantasías, y ocasionalmente poníamos un casete y oíamos la misma canción una y otra vez, normalmente "Fade to Grey" de Visage, o "Charlotte Sometimes" de The Cure, y dejábamos de hablar y sólo escuchábamos, dejando que todo lo hundido volviera a surgir.

Cuando era más niña teníamos un acuario, una rebanada de mar en un rincón del estudio de mi padre. Vivía medio en la sombra porque las cortinas siempre estaban casi cerradas: la luz solar incentivaba el crecimiento de algas, además de que era por las noches cuando cobraba vida. Cuando no podía dormir me sentaba enfrente y observaba a la araña acuática escribir sueños en el agua y al pez payaso nadando en zigzag por todo el tanque, y el pulso de los otros peces a los que les latían los atavíos azul platinado. En momentos de ansiedad extrema me reconfortaba el hecho de que no existe la total inactividad, incluso a las tres de la mañana algo se mueve, se pone en marcha algún plan hasta en niveles microscópicos. Alguien dijo alguna vez que el sueño es el acuario de la noche, pero en mi mente la noche era el acuario del sueño, en el que se enmarcan nuestras visiones. Entonces, murió el último pez que quedaba. Mi madre intentaba sacarlo con una red verde. Mientras la observaba desde el sillón, todo se desató y, por un instante, pareció que el universo entero estaba concentrado en nuestra casa. Sonó el teléfono. Tocaron a la puerta. Gorjeó el fax. Se oyó un maullido en la casa de Yolanda, la vecina. En las azoteas aullaban los perros. Se oían cláxones y sirenas a lo lejos. Todo habló al mismo tiempo, como si fuera un canto fúnebre por el pez muerto.

Cuando me sentía desanimada o derrotada recordaba las palabras de mi padre, aquellas que repetía hasta mucho después de haber guardado la pecera al fondo de un clóset y llenarla de papeles. Recuerda, decía, que la sociedad es como una pecera, pero menos hermosa. No obstante, la estructura no es muy diferente: hay peces tímidos que se pasan la vida escondidos entre las piedras, perdiéndose momentos importantes y triviales; hay peces más gregarios que nadan por todas partes en busca de compañía y aventuras, siempre moviéndose sin saber a dónde van, y hay peces curiosos que están siempre cerca de la superficie y son los primeros en la fila de la comida, pero que también están en la primera línea cuando se sumerge alguna mano o garra en la pecera.

Sin embargo, sus palabras perdían todo significado cuando estaba frente al mar, aquí no había ningún orden o estructura visible, sólo una gran matriarca, enorme e indiferente como una catedral. Y había que enfrentarse a esa indiferencia, había que medirla y atajarla para que pudiera haber interacción entre la gente y el mar. Desde mi primer día en Zipolite detecté el sistema de banderas —verde, amarilla, roja—, un código impuesto a los movimientos del mar: el océano produce olas y nosotros respondemos con triángulos de colores para mediar, elevándose como extrañas flores puntiagudas sobre largos tallos en la arena. Hasta que el agua te llegue a las rodillas y no más lejos, decían algunos, porque como todo lo que está muerto, esta playa y sus olas intentarán jalarte al fondo.

Desde Zipolite imaginaba a mis padres pegando mi foto en todos los postes, sumándola a los pósteres de perros perdidos de la colonia. Se busca Azlán. Se busca Bonifacio. Se busca Chipotle. Cada vez que veía uno de estos anuncios fantaseaba con encontrar al animal, por el bien del animal, por el bien del dueño, por la recompensa. Pero ninguna imagen era permanente. Los pósteres que empezaban siendo vívidos, con la tinta de nerviosa expectativa del dueño, iban perdiendo esperanza y color con los días y una mañana ya no estaban, arrancados por algún hombre vestido de beige que iba por la colonia quitando anuncios expirados. Yo reconocía a algunos de los animales, pero otros seguramente habían pasado toda la vida bajo techo; tenía bastante idea de todas las mascotas de la Roma, muchas de las cuales salían a correr a la plaza o a caminar con el paseador del rumbo. Otras imágenes: un par de rottweilers saltando tras la reja de su casa, dos enormes masas negras como brincando en un trampolín, protegiendo ferozmente el único territorio que conocían, y el cura local que por las noches se ponía tenis para pasear a su perro maltés por las calles sucias.

Los perros de Zipolite podían estar a salvo de las congojas de la ciudad, pero pasaban todo el día recorriendo la playa, como buscando algo que no estaba en el paisaje. Tomaban la temperatura de la playa, evaluaban su humor, calaban a cada nuevo visitante. Un batiburrillo de razas, ninguno de un solo color, sino con parches de dos o tres tonos. Las caras de algunos parecían máscaras negras, interrumpidas por hocicos cafés o un par de cejas doradas, otros parecían lobos o gatos enormes. Uno tenía algo de pastor alemán, aunque mucho más pequeño y mucho menos majestuoso; estos perros eran más como cortesanos, pero incluso entre cortesanos debe haber un rey y, hasta donde podía darme cuenta, el líder de la manada era aquel descarado pastor mestizo, de tamaño promedio, pero de majestuoso andar, al que todos seguían en busca de guía.

Desde el principio me di cuenta de que los perros no querían a Tomás. Lo evitaban y le gruñían si se acercaba. Pero él no ponía mucha atención, y cuando se nos acercaron la primera vez ya que, después de todo, éramos olores nuevos en la playa, les gritó ¡lárguense! y pateó al aire cerca de sus cabezas. Con frecuencia yo les compartía de lo que tuviera de comer, que no solía ser mucho y, por ello, el dispar grupo se sentaba junto a mí. ¿Cómo había terminado en Zipolite, prefiriendo la compañía de los perros que la de la persona con la que había huido?, me preguntaba mientras el mar seguía dibujando y borrando enormes listones de espuma.

Tras el primer avistamiento del misterioso Tomás, todas las mañanas esperaba que se repitiera la escena. El organillero sentado en la orilla de la fuente con un trapo y el instrumento, pero estaba solo y el trapo no anunciaba nada nuevo, no era más que un pedazo gastado de franela que recorría arriba y abajo los costados del organillo. Rumbo al lugar donde me recogía el camión de la escuela, tomaba las calles paralelas pero no veía a nadie, nada, fuera de lo normal, nada que no hubiera sido absorbido en las imágenes y rutinas diarias.

Entonces, diez días más tarde, al fin lo vi una segunda vez, cerca de las ruinas locales. Tras el gran terremoto tres años antes siempre estaba alerta de lo que pudiera pasar, y nuestra colonia era un archivo vivo del desastre. Teníamos ruinas y en las ruinas había personas, los nuevos habitantes de las dimensiones desconocidas de la Roma que lentamente habían comenzado a habitar los edificios colapsados y las montañas de escombros. Se mudaban con zoológicos de animales callejeros, gatos espectrales que maullaban débilmente y perros sarnosos que pasaban horas lanzando zarpazos a la comida imaginaria entre las grietas.

Por lo que se refiere a nuestra modesta casa, su sola anatomía la había salvado del desastre. Otras casas en la misma calle, las que tenían estructuras más complicadas, se derrumbaron en minutos, víctimas del epicentro en el océano Pacífico cerca de la costa de Michoacán. En la distancia, una placa tectónica decidió moverse, y con el movimiento de aquella mañana de martes mandó un telegrama que derrumbó, desplomó y sacudió lo que siempre habíamos dado por sólido. Pero nuestra casa siguió en pie. Sí, los cuadros se enchuecaron, al igual que algunas ollas en la cocina, pero la única marca permanente fue una larga grieta que apareció en la pared de la sala, como el fósil de un rayo.

El montón de ruinas en la calle de Chihuahua era una de las expresiones más dramáticas de la destrucción, con planchas de concreto y vidrios rotos que parecían multiplicarse y convertirse en mosaicos con el tiempo, y fue ahí donde volví a ver a Tomás.

Me dirigía a la papelería cuando me topé con dos ancianos inmigrantes. Eran los enigmas locales, que habían escapado de las ruinas europeas para vivir, más tarde, entre ruinas ligeramente más modestas. Con frecuencia los veía en el Vips de Insurgentes, encorvados bebiendo café y comiendo molletes, ella con la mano en su bolso y él con la mano sobre el bastón, como si estuvieran listos para marcharse a la menor provocación. Aquel día iban acompañados por un vetusto perro al que sacaban a pasear por la colonia, el señor con una boina negra —los niños que jugaban en la calle lo llamaban Manolete— y la señora de gris con el pelo recogido en un chongo irreverente. No obstante, parecía que aquel trío digno y decrépito había tenido algún problema, porque se detuvieron en seco y el perro estaba acostado con las patas traseras estiradas. ¿Cuál es el problema?, les pregunté, y la señora señaló al perro y con su acento espeso dijo que no podía pararse. No se preocupe, respondí, y a pesar de mis dudas levanté al perro por la cadera, le acomodé las patas sobre el suelo para que pudiera agarrar tracción, algo nada sencillo ya que incluso en las mejores colonias el pavimento era notablemente disparejo, resultado del hundimiento de nuestra ciudad y de las raíces de los árboles que luchaban contra su existencia subterránea.

Mientras estaba agachada ayudando al perro, cuyo pelaje era corto y áspero, vi una bota que se posaba a algunos centímetros de mí, y luego vi la otra. Botas cortas, azul turquesa con suela negra. Levanté la mirada y vi con sorpresa que aquel calzado tan poco convencional estaba asociado al joven que había visto en la fuente. Miraba al frente y no se detuvo ni bajó la velocidad para caminar alrededor de nuestro pequeño grupo.

De nuevo, sentí el fuerte impulso de seguirlo, pero el perro dependía de mí para mantenerse en pie —lo solté y de inmediato comenzó a desparramarse—, y mientras las garras intentaban asirse al concreto, vi a aquel joven desaparecer en la esquina, pero qué podía yo hacer, me había embarcado en la ejecución de una acción loable y no podía dejarla a la mitad. Tras varios minutos de esfuerzo el perro finalmente consiguió mantenerse en pie. Una vez que estuvo firme en cuatro patas los inmigrantes me dieron las gracias, quizá no con todo el entusiasmo necesario tomando en cuenta lo que acababa de sacrificar al detenerme a ayudarlos, aunque en retrospectiva, debí haber considerado aquella distracción una bendición divina.

Julián estaba conmigo la tercera vez que vi a Tomás, una tarde de cielo inusualmente despejado. Seguramente algunas fábricas estaban durmiendo la siesta o la mitad de los autos de la ciudad estarían de vacaciones; incluso los árboles notaron el cambio y lucían más expandidos, como adoptando posturas más relajadas antes de que el cielo regresara a su habitual química sombría. En lugar de quedarnos en el Covadonga, Julián tomó la cámara, guardó un par de cervezas en la mochila y nos dirigimos a la avenida Álvaro Obregón. Nos encantaba aquella arteria llena de tráfico, con bancas de hierro forjado color verde, y los árboles elocuentes cuyas ramas hacían formas imposibles como torneadas por las conversaciones diarias con el viento. Paseábamos arriba y abajo, detectando los cambios como si fuéramos supervisores citadinos. Una nueva tienda de discos por aquí, algún intrincado balcón renovado por allá, la elevación del pavimento aquí, y allá y acullá, una inclinación a la derecha y un cambio en el contorno de las ruinas en la calle Chihuahua; la única característica que no cambiaba eran los amplios ángulos de las esquinas de cuando los carruajes requerían el espacio para dar la vuelta con comodidad. A veces, temprano por la mañana los inmigrantes también paseaban por el camellón; los veía de camino a la escuela y me daba la impresión de que llevaban horas despiertos, como si siguieran regidos por un reloj europeo. Pero lo que más me gustaba eran las fuentes y sus esculturas de bronce solas o acompañadas, atrapadas en dramas antiguos, ciegas ante los miles de autos que les pasaban cerca.

La única banca libre estaba frente al hospital, y nos sentamos y tomamos sorbos clandestinos de nuestras cervezas hasta que aumentó el tráfico. Después seguimos caminando, sin prestar mucha atención a dónde íbamos y, poco más tarde, terminamos frente a la casa abandonada en la plaza Río de Janeiro.

El terremoto también dejó muchas mansiones vacías y en mal estado. En algunas se instalaron los indigentes y otras tenían a un vigilante viviendo en algún cuarto vacío y la luz de la vela con la que alumbraba su habitación podía verse desde la calle. Por otro lado, la casa de junto, que mostraba señales de vida a pesar de existir en un limbo similar, estaba en ruinas. Esta casa en particular había estado abandonada tanto tiempo que cualquier curioso podía entrar a explorarla. Yo misma había estado dentro en varias ocasiones con mis amigos, era el lugar perfecto para ir a fumar y posar para las portadas de nuestros discos imaginarios; alguna vez alguien hizo una fiesta y la casa entera con las doce habitaciones había crepitado de vida hasta que llegó la policía por culpa de la música y la luz de las velas, y los sacó a todos. Había planes de arreglarla, decían algunos, y existían los planes grandiosos del director general de Caos y Desarrollo Urbano pero, por el momento, aún era nuestra.

Dejé que Julián entrara primero a través de las hiedras que se elevaban alrededor de la casa como guedejas despeinadas y nos detuvimos brevemente ante la puerta abierta, corroída por incontables temporadas de lluvia y ya imposible de cerrar. No obstante, su existencia aumentaba la emoción de la invasión y nos mantuvimos en silencio mientras entrábamos en el salón principal. Ramas como garras se habían abierto paso entre las ventanas como si quisieran saludarnos. Los rayos de luz espesa y aleatoria entraban por los agujeros escondidos de las paredes, creando patrones cuadriculados sobre el piso de madera. Sobre una de las vigas, las palomas residentes, quizá alarmadas por nuestra presencia, murmuraron nerviosas entre ellas y algunas esponjaron las plumas para parecer más grandes.

Julián había tomado prestada la cámara de su padre cuando se fue de la casa, un rectángulo compacto de acero inoxidable que parecía más un largo y delgado dedo que un artilugio para grabar imágenes; ya la devolvería, o quizá no, dependiendo de si volvían a hablarse. Era el tipo de artefacto que usan los espías, o los villanos de la Guerra Fría, de marca Minox, según me informó Julián mientras documentaba las vigas, las palomas, las fisuras en la pared, incluso las moscas muertas que se apilaban en montañas minúsculas sobre el suelo, como si alguien hubiera empezado a barrer y hubiera dejado la tarea a la mitad.

Tras capturar el entorno Julián posó en el alfeizar y me pidió que lo fotografiara. Me recordó una película rusa que había visto —personajes en una casa destartalada, goteras por todos lados— y busqué los mejores ángulos entre la estructura y el abandono. Al principio estaba tenso y yo le decía que se relajara, y fue sólo tras canturrear un poco que pudo relajar el mentón y dejar caer los hombros de forma natural. A través del visor me permití admirarlo, las largas pestañas y la nariz riscosa, y no pude evitar lamentar la dirección de sus preferencias románticas.

El rollo se adelantaba cerrando la cámara y volviendo a abrirla, un movimiento placentero que traía consigo el riesgo de la toma compulsiva de fotografías; tenía que controlar mis manos. Julián se paró en la escalera y recargó una mano en la barandilla. Al fotografiarlo en esta nueva pose, con las mangas y los pantalones cada vez más sucios al contacto con cada superficie, su silueta pareció duplicarse en tamaño. Al principio pensé que podía ser la sombra, pero el contorno no coincidía. Bajé la cámara y ahí estaba el muchacho de negro, de pie en la escalera detrás de Julián. Al sentir su presencia Julián pego un salto.

No te oímos.

No, incluso después de tanto tiempo, las escaleras no rechinan.

Estaba arriba, dijo con una voz más profunda de lo que la había imaginado, oyó ruidos y bajó a investigar. Al principio pensó que eran las palomas, pero luego oyó voces humanas… Me miró, se arregló el pelo y luego miró la Minox en la mano de Julián.

¿Cómo entraste?, preguntó Julián comentando que a pesar de que la cerradura estaba rota, todavía estaba en su lugar. Hay muchas entradas secretas, respondió sin explicar para qué podría necesitarlas. Comentaron el estado de la casa y cuánto tiempo calculaban que seguiría en pie sin ninguna intervención arquitectónica. Y mientras hablaban yo lo observaba con desinterés, convencida de que el retrato de cerca era mucho mejor que el de lejos: ojos grises y dos lunares, uno en la mejilla y otro que salía de la sien como un tornillo, mechones de pelo en todas direcciones y enorme hueco entre los dientes frontales, seguramente muy útil para silbar. Parecía dos o tres años mayor que yo, y las cicatrices de la experiencia eran visibles en las comisuras de los ojos. Era extrañamente pálido, no como las estrellas rubias de Televisa sino como güerito de pueblo. Su ropa estaba hecha de algodón grueso, negro y gris, y olía mucho a mota. ¿Qué te trae por aquí?, le pregunté al darme cuenta de que no había dicho palabra. Acababa de dejar la escuela, dijo orgulloso y ahora trabajaba medio tiempo en una librería. ¿En cuál? En A través del espejo, en Álvaro Obregón.

Nombre: Tomás. Tomás Román.

Unos minutos después dio por terminada la conversación, dijo que estaba ocupado y que tenía que terminar algo. Un churro de mota, probablemente, a menos de que arriba hubiera alguien con él. Un callejón sin salida dentro de una casa abandonada —bueno, nadie esperaba que aquel intercambio pudiera durar horas—, pero ahora parecía que los únicos intrusos fuéramos nosotros. Nos vemos, dijo Julián, yo me despedí con la mano sin decir nada y nos dirigimos a la puerta mientras las palomas revoloteaban y volvían a instalarse en nuevas configuraciones.

Después de esa tarde comencé a pasar con frecuencia frente a la casa abandonada. Pero no me atrevía a entrar, al menos no sola, y Julián no tenía ganas de ir otra vez porque ninguna de las fotos había salido bien, no había cargado el rollo correctamente y estaba de demasiado mal humor, por el momento, como para volver a la casa. De modo que qué podía hacer yo más que pasar frente a la casa con la esperanza de un encuentro fortuito y, durante las horas de escuela, escribir Tomás Román en el margen de todos los cuadernos. Escribía las letras TR en todas las variaciones posibles: el nombre explotaba como el genio de la botella con los diferentes tipos de letra, cursiva, silvestre y monótona, pero tras tantas horas me cansaba de ver las letras en el mismo orden, diez letras con las mismas dos vocales, diez letras que, por la repetición, deberían haber sido como un conjuro y en lugar de eso se quedaban calladas, confinadas al papel.

Cada materia tenía su propio cuaderno, las palabras del maestro en el centro y mis pensamientos garigoleados en los márgenes. Centro, márgenes, centro, márgenes, mi concentración viajaba entre uno y otros. Quédate en el centro, me decía, quédate en el centro, pero los ojos y la mano recorrían el camino hacia afuera. En clase de cálculo, el maestro Rodríguez me preguntó que qué estaba escribiendo tan concentrada y rio una risa siniestra cuando me apuré a tapar los garabatos con el brazo. Flaco como una escoba (polio infantil) y de mítico mal humor, Rodríguez enseñaba varios niveles de matemáticas. Entre más difícil la clase, más se exaltaba, más le emocionaban los infinitesimales vericuetos del cálculo y la forma en que nos hacían sufrir, y en cuanto entendíamos algo lo llevaba más lejos empujando nuestras mentes inmaduras más allá de lo que podían ir, aunque algunos de nosotros podíamos acompañarlo hasta el final del recorrido, y él lo sabía.

Voces prosaicas trataban de arraigar mi ensoñación, la gravedad peleaba con la alfombra mágica y yo las resentía todas, incluso la del maestro Berg, mi maestro favorito quien, detectando mi distracción, comenzó a preguntarme cosas en la clase con más frecuencia. Había estudiado francés con él desde tercero de secundaria cuando aprendí las primeras palabras de aquel idioma, y ahora ya estaba en cuarto nivel. Él no revelaba mucho sobre su pasado, sólo que en Francia era profesor, había conocido a su esposa y emigrado a México en los años sesenta. Su cara era de otro continente y de otra era; tenía los ojos separados, labios gruesos y las cejas inclinadas. Y el rasgo que más lo hacía parecerse a Peter Lorre, mi actor favorito, era que su expresión podía pasar en segundos de amable a amenazadora, a destruida y desolada, la cara de alguien eternamente afligido, una cara que parecía cargar en su interior varios capítulos de la historia de Europa.

Me aferré a él, a la idea de él, más de lo que él se diera cuenta. Sentí que él detectaba lo desesperadamente a la deriva que estaba entre los hijos e hijas de empresarios y políticos y los estadunidenses fugaces cuyos padres trabajaban para empresas transnacionales. El señor Berg representaba algo más allá de todo aquello.

Nuestra escuela, el Colegio Campus Americano, o Coca, era una fortaleza en el centro de Tacubaya. Tiempo atrás Tacubaya fue un oasis rural, hogar de ricos y virreyes, según nos dijeron, pero aquel pueblo colonial se había urbanizado y finalmente sus calles se llenaron de tiendas de autopartes y alimento para caballos. Desde la ventana del camión podía ver hombres sentados en tambos de cabeza, bebiendo refresco mientras los niños y los perros jugaban en los baldíos cercanos.

Por ese entonces, en el otoño de 1988, el conteo regresivo había comenzado y cada hora nos acercaba más al día del birrete y la toga color vino. Una vez graduados, nunca más tendría que ver a gente como Paulina, vestida de Guess y Esprit, que decía que mis zapatos Dr. Martens eran zapatos de albañil, ni como su novio, Jerónimo, cuyo padre era un político priísta que lo llevaba todos los fines de semana a ver cómo torturaban toros. Yo prefería a Chucho y a Ximena, cuyo padre se ganó la lotería; ante la mayoría, su dinero no contaba, así que eran bastante humildes. En lo que a mí se refería, la gente sabía que mi padre era profesor universitario, incluso si debatían de qué materia o cuánto ganaba; lo que pocos sabían era que mi madre tenía una agencia de traducción y que yo estaba becada.

En la escuela tenía un amigo cercano y varios semiamigos. Pero tendía a evitar la interacción con las niñas; de una u otra forma las mujeres casi siempre te traicionaban, las amistades eran absorbentes pero en cuanto se encendía la mecha, se consumían. Las amistades masculinas duraban más, no había ningún misterio en ello. El péndulo se balanceaba menos y mi amigo era Etienne. Etienne era mexicano pero sus padres adoraban a los franceses. Era hemofílico y con frecuencia faltaba a clases. No obstante, cuando iba a la escuela siempre nos sentábamos juntos en el área verde junto a la alberca, lejos de los demás. Era hijo de un pintor famoso adorado por políticos y la burguesía, y me contaba historias de las personas que conocía y los lugares elegantes que visitaba; solía pasar más tiempo con adultos que con personas de su edad. Además de mí, no parecía interesado en el resto de sus compañeros. De vez en cuando lo sacaban de clases y se iba con el chofer de su padre o, si se golpeaba contra algo como la esquina de una mesa, lo llevaban corriendo a la enfermería de la escuela para que lo inyectaran. Con frecuencia se veía al pavorreal que era su padre en los periódicos y casi era posible oler la loción en la foto en la que aparecía recibiendo este o aquel reconocimiento. De un día a otro desapareció mi amigo. Lo habían mandado a un internado en Suiza contra su voluntad.

Un día en clase de francés el maestro Berg nos pidió que eligiéramos un poema de Baudelaire para analizarlo. Mientras hablaba y anotaba el nombre del poeta en el pizarrón en un renglón bastante chueco comencé a sentir como si en los días previos hubiera estado deambulando bajo una estrella distante. Aquella tarde hojeé *Les Fleurs du Mal*, deteniéndome en varios poemas para decidir con cuál quedarme, pero cuando el libro se abrió en "Un voyage à Cythère", supe que ahí centraría mi atención. ¿Cómo lo supe? Porque Cythère era Citera, la pequeña isla mítica en el Egeo que había atrapado la imaginación de muchos pintores y poetas y, lo más importante, de mi padre. No sabía qué me gustaba más, si el cacareo de Cythère o las hechiceras de Citera pero, en cualquier caso, ambas palabras designaban el lugar de nacimiento de Afrodita, o al menos uno de ellos ya que, como suele ocurrir con los mitos, hay varias versiones.

En el verso inicial el corazón del poeta se abalanza como un ave libre y feliz alrededor del mástil, pero muy pronto aquel espíritu boyante queda atrapado en un pesimismo oscuro y el poema termina con la macabra imagen de sí mismo colgando en el patíbulo. El poema empieza con un barco que zarpa bajo un cielo límpido pero, al menos en mi interpretación, la verdad es que el corazón del poema es negro como el carbón y Citera es un lugar rocoso y sombrío en el que los sueños se estrellan contra la orilla. El maestro Berg me dijo que había hecho una buena elección y de forma más críptica me dijo que tomara en cuenta que los eventos no eran más que la espuma de las cosas y que nuestro verdadero interés debería estar puesto en el mar.

El mar. Hasta entonces, la única forma que había encontrado mi padre para interesarme en el mundo antiguo eran los naufragios. Así fue como me enganchó, como me hizo sentir un pequeño vínculo con los antiguos. Yo prefería lo moderno, fuera lo que fuera aquello exactamente, y aunque ponía tanta atención como me era posible, pronto me distraía. Ni Esquilo ni Sófocles lo habían logrado. Tampoco Lucrecio. Las descripciones de la adoración de pilares y árboles en la Grecia micénica. La configuración de los resortes en los antiguos candados chinos. Incluso las descripciones del diseño de las cuadrigas del antiguo Egipto, cuyas pértigas y ejes se desmontaban en los funerales de los faraones para poder meterlos en los estrechos corredores de las tumbas. Cosechaba datos de conferencias, más que de los libros que estaban en su estudio; la palabra impresa no les seguía el paso a los avances de las pequeñeces históricas, según afirmaba. Con mi madre, las conversaciones eran más abiertas y emocionales, nos guardábamos muy poco, pero mi padre y yo estábamos siempre en busca de nuevas formas de comunicación.

Fue cuando volvió a casa después de una conferencia sobre diversas investigaciones sobre corrosión, la interacción de largo plazo entre los materiales y el entorno marino, que pudo entregar el material correcto. Comenzó contándome del reporte metalúrgico de uno de los ponentes con respecto a la sección corroída de un candelabro dentro del *Vergulde Draeck*, un navío holandés del siglo XVII que naufragó cerca de la costa occidental de Australia. Interesante, pero no daba para conversarlo más allá de la hora de la comida. Entonces, abordó un tema más emocionante, animado por muchos más detalles.

Los naufragios eran presa de todo tipo de apetitos, me dijo, el apetito del agua salada, el apetito de las criaturas marinas, el apetito del tiempo. En el Mediterráneo hay tres macroorganismos principales entre los habitantes de agua salada que comparten una pasión por la madera antigua: los teredos, los dátiles de mar y los limnóridos. Los tres contribuyen a la estratificación y contaminación del naufragio. Estos barrenadores marinos son capaces de soportar las condiciones más hostiles y se pueden adaptar a prácticamente cualquier profundidad. La temperatura del agua y la salinidad son sus principales indicadores.

Los limnóridos horadan la madera en pareja, con el espécimen femenino a la cabeza. De garras afiladas y con siete patas, pueden encontrarse en aguas salobres en grupos grandes. Construyen canales que se comunican paralelos a la madera, de modo que el navío infestado se vuelve más vulnerable a la corrosión. Aunque deambulan libremente, los limnóridos tienen instinto de ermitaños y están poco dispuestos a marcharse una vez que encuentran un escondite en las madrigueras que crean: ¿por qué cambiarse de casa cuando tienen un techo y un suministro interminable de alimento, paz y tranquilidad? Por su parte, los teredos son moluscos sin concha y de género intercambiable según el crecimiento. También conocidos como termitas de mar, son menos agradables a la vista que los limnóridos por tener cuerpos alargados y cabezas que parecen bocas abiertas al servicio de un apetito insaciable con las que escudriñan el agua incesantemente. Conforme horadan, sus cuerpos se alargan, dejando depósitos calcáreos a su paso.

Por último está el dátil de mar. A diferencia de los otros dos, el dátil de mar es incapaz de digerir la celulosa: no busca la madera para nutrirse, sino para protegerse de cualquier peligro que pueda acecharlo. Sus horadaciones son poco profundas y esféricas; ataca en grupos grandes. Al igual que los teredos son bisexuales y también prefieren quedarse en aquellas guaridas que consideran apropiadas.

El trabajo de estos organismos y el rendimiento de la madera sumergida se facilitan gracias a la labor de dos microorganismos: los hongos y las bacterias que descomponen el tejido antes de que los otros lleguen a excavar canales. Junto a este banquete para los barrenadores de madera y sus contrapartes más pequeñas, está la acción de las olas que se suma al proceso de demolición. El movimiento del agua, así como el movimiento del lecho marino cuando la arena se levanta y se posa de nuevo, aumenta los estragos del barco hundido.

Pude sentir la tragedia del navío, como los cadáveres animales que aparecen en los documentales, que ya no respiran pero contra los que otros siguen arremetiendo —una vez que se ha dado el golpe de muerte llega la oleada de carroñeros—. Pero también sentí afinidad con los ermitaños acuáticos que conseguían un hogar. No obstante, mis afectos eran cautelosos, algo parecido a lo que había sentido por los peces del acuario o, más bien, más como lo que me inspiraba la colonia de artemias que tenía de niña, imaginándolos en su reino submarino. Pero sí, también me daba lástima el barco hundido. Escuchar a mi padre describir aquel escenario me hizo sentir que tenía acceso a algo descabelladamente lejano y misterioso, y de los muchos naufragios que mencionó, su favorito que pronto sería también el mío, era el de Anticitera, que había permanecido bajo el agua más de veinte siglos. Durante veinte siglos aquel barco y su contenido a merced de mareas, corrientes, organismos y surgencias. Durante veinte siglos silenciado.

Por la noche, las olas del Pacífico crecían tremendamente, aumentando en altura y en volumen, relámpagos marítimos superando cualquier otro gesto de la naturaleza, y yo observaba mientras los surfistas se materializaban en el horizonte como mamíferos extraños del mar. Los perros les ladraban desde la orilla con el pelo del lomo erizado, y yo me preguntaba si todos caíamos víctimas de algún delirio costero, un delirio nacido de la potente alineación de la tierra, la arena y el mar; después de todo, una sola gota de agua puede interactuar con la luz de formas infinitas.

A los tres primeros avistamientos de Tomás no les siguió ningún otro. Una tarde, cuando estaba sintiéndome fuerte —tres dieces el mismo día— me di una vuelta por A través del espejo. A pesar de cuánto me gustaba, no era un lugar que visitara mucho. Aquel sitio daba vértigo a causa de los altos estantes retacados y las pilas de libros que se elevaban desde el suelo y alcanzaban la altura de un niño. En la caja, como para contradecir al caos, estaba la dueña, una mujer adusta con peinado de príncipe valiente; nunca sonreía, no ayudaba y se mostraba molesta cuando alguien le preguntaba por algún libro.

Me crucé con Tomás al entrar y nuestros brazos casi se rozaron. Él iba saliendo acompañado por dos personas de su edad que me presentó como los americanos. Los llevaba a ver un departamento, me dijo. ¿Qué departamento?, pregunté yo, pensando si quizá ahora se dedicaba a los bienes raíces. El departamento en el que William Burroughs le disparó a su mujer, dijo. Estos americanos habían entrado a la tienda preguntando si alguien se los podía mostrar, por lo cual estaban dispuestos a pagar cien pesos, y como Tomás ya había estado ahí, se ofreció a llevarlos, tras pedir permiso para tomarse un descanso. ¿Tú sabes quién es Burroughs?, me preguntó. Sí lo sé, dije, aunque nunca lo había leído. Mi madre tenía dos de sus libros en su habitación y, al presentir que contenían algo ilícito, los había hojeado en busca de palabras y escenas tabú sin encontrar nunca nada interesante.

Instantes después caminaba por la calle con Tomás y los dos estadunidenses: la chava era gordita, chata y exudaba una confianza extraordinaria, el chavo era más bien tímido y de la mitad del ancho de ella. Tomás nos llevó a la esquina donde se encuentran las calles de Chihuahua y Monterrey, se detuvo un momento para después dar vuelta sobre Monterrey hasta llegar al número 122, un edificio gris con puerta negra. La abrió de un empujón. Entramos al vestíbulo recubierto con mosaico y subimos al primer piso por la fría escalera, hasta que una reja de piso a techo nos impidió el paso a toda una sección del corredor. Una mujer en pants y chanclas salió de uno de los departamentos y nos preguntó qué se nos ofrecía. Nos gustaría ver... No, no, no, interrumpió la señora consciente de hacia dónde iba la petición. El departamento 8 era una residencia privada. Tras la mudanza, ella y su marido habían colocado la reja porque no paraba de llegar gente, estadunidenses que querían hacer una serie de televisión, estadunidenses que querían hacer un documental, estadunidenses que querían tomar fotos. La joven pareja suplicó. Dijeron ser estudiantes en San Francisco que adoraban a William Burroughs y querían conocer el lugar de los acontecimientos, el sitio que lo convirtió en escritor, el lugar en donde se convirtió en una persona diferente a la que era al llegar. La señora parecía conmovida. La vi observar detenidamente a la ansiosa pareja, sus tenis Converse de bota y las pulseras tejidas compradas en el mercado, y tras morderse un labio y mirarnos a Tomás y a mí para asegurarse de que no fuéramos unos renegados, finalmente dijo: okey, cinco minutos, y abrió la reja.

Hasta donde pude darme cuenta, en la casa no había nada siniestro ni premonitorio, más allá de que las paredes estaban cubiertas con adornos navideños y de que había macetas con nochebuenas en los alféizares; no estaba claro si eran restos de la Navidad pasada o si habían decorado con algunos meses de anticipación. Las ventanas del departamento daban a un patio interior con cuerdas entrelazadas a manera de tendederos cubiertos de ropa limpia. El esposo de la señora trabajaba en la farmacia de la esquina, nos explicó cuando el hombre salió de una de las habitaciones. Llevaba el pantalón amarrado con un cordón y se movía y hablaba a trompicones, como si le hubiera dado una embolia. La mujer le explicó por qué estábamos ahí, y él suspiró, especialmente después de que la joven pareja estadunidense les preguntó si sabían en qué lugar del departamento había *ocurrido todo*, ya que parecía haber muchas habitaciones y querían saber cuál de todas guardaba algún significado. La mujer señaló un piano en la sala cubierto con carpetitas de crochet. Tiene casi ochenta años, dijo, nadie lo ha tocado, pero ahí donde está fue donde le dispararon a la mujer. Con hambre forense, el muchacho caminó alrededor del piano como si el instrumento hubiese absorbido algo del drama ocurrido treinta y siete años antes, y comenzó a tomar fotos desde diferentes ángulos mientras la cámara desechable hacía fuertes ruidos cada vez que apretaba el botón y avanzaba el rollo.

Mientras el muchacho tomaba fotos, la señora se colocó frente al piano y su marido se paró bajo el arco que dividía la sala del comedor desde donde dijo solemnemente que ahí se había parado Burroughs, bajo el arco, para disparar. El marido en un extremo y la mujer en el otro. Cara a cara. Todo el movimiento se detuvo cuando comenzaron a preparar la escena. A pesar de las protestas previas, me dio la impresión de que ya habían hecho esto antes, quizá incluso invitaron amigos para recrear el famoso incidente ocurrido bajo aquel mismo techo. Pasaron los segundos, tensos y extraños, con la pareja en su sitio. Me pareció ser observada. Tomás me miraba fijamente con una media sonrisa y los ojos entrecerrados. No estaba segura de cómo responder a su expresión facial, así que sonreí, pero como él ya estaba sonriendo, no supe si me sonrió de vuelta. Bueno, quizá sí, pensé; quizá pensaba lo mismo que yo había comenzado a pensar, que aquel era un espacio de parejas, primero Burroughs y Joan Vollmer, luego el matrimonio que vivía ahí, los jóvenes californianos y ahora Tomás y Luisa. Tres parejas, no obstante que una estaba muerta, y nosotros. Distintos retratos de lo que significa una pareja moderna. La historia de una tarde con piano y parejas. Tomás volvió a concentrarse en los esposos que seguían con la pantomima mientras los demás estábamos quietos en nuestros lugares.

Tras un minuto, más o menos, la estadunidense que ahora estaba pálida como la leche en polvo dio por terminada la sesión. Bueno, muchas gracias, creo que ya vimos suficiente, dijo en voz baja mientras con una mano apretaba con fuerza la correa de su bolsa. Había sido demasiado para ella, presentí, había sido mucho más de lo que esperaba. Gracias, dijimos los demás. El hombre se despidió con la mano desde abajo del arco pero como plantado al suelo, todavía preso por la maldición. Su esposa nos acompañó hasta la reja.

De salida me di cuenta de que era el edificio, más que el departamento, el que parecía guardar un pasado desafortunado. Los escalones huecos, el frío, las sombras azules de la escalera. Sentí ansias por volver a la calle, pero Tomás insistió en ver el patio trasero, un espacio exterior protegido por cuatro paredes que albergaba un boiler y una puerta negra tirada de forma horizontal. No era la original de 1951 sino una de sus muchas reencarnaciones, explicó Tomás, las otras diez puertas habían sido registradas por un aficionado. Hacia arriba pude ver un parche de cielo azul más allá de la ropa colgada y las paredes de pintura descascarada, más allá de las cortinas que se agitaban desde las ventanas como camisones de mujer, inquietas al viento y listas para saltar hacia este vacío doméstico que era el patio. En silencio nos dirigimos a la calle a través del pasillo donde la luz sangraba alrededor de la puerta principal y se acumulaba en largas y blancas columnas sobre las losas del suelo, y era justo ahí, en aquellos espacios comunales, que uno se sentía prisionero del edificio.

Una vez en la calle los estadunidenses le dieron a Tomás dos billetes de cincuenta pesos y desaparecieron al interior de un vocho amarillo. La última vez que había estado en el departamento, dijo con cierto tono de decepción, había tres hermanas viviendo ahí con cinco loros… Bueno, gracias por venir, agregó, tenía que regresar a trabajar pero ya sabía dónde encontrarlo, y se fue con las manos en los bolsillos, alejándose hasta convertirse en una mancha oscura.

Sí, resultaba interesante. ¿Pero, acaso no todo el mundo lo es al principio? Más tarde, en mi habitación, repasé mi lista. De mis salidas nocturnas tenía a Tiburcio Pérez, artista de pelo largo y joyería de ámbar que pegaba escorpiones pardos, los nativos *Vaejovis mexicanus Koch*, a lienzos con gruesas capas de pintura. Y Alfonso, anestesista de día y baterista de noche. El mayor miedo de mi padre era que yo terminara con un rockero, así que la única vez que salí con un músico le puso los pelos de punta, especialmente porque lo acompañé a un concierto a ver a monos aulladores, así los llamaba mi padre: monos aulladores, aunque mi baterista no aullaba, sólo tocaba muy serio, con labios apretados, sudando profusamente mientras les pegaba a los tambores. También me había gustado uno de los suecos del camión de nombre Lars Karlsson. Seguramente en Suecia había diez millones de Lars Karlssons, pero en México sólo había uno, o unos cuantos. Lars me parecía más amable y accesible que los otros suecos pero, aun así, me resultaba imposible hablarle, y en las pocas ocasiones en que terminé sentada a su lado pasé todo el viaje pensando en qué podía decirle. Y estaba también Andrés, a quien le gustaba patear cajas; pateaba cualquier caja que se encontrara por la calle; quizá fue por su expresión trastornada que mi madre lo obligó a llevarla a dar un par de vueltas a la manzana antes de permitirle llevarme al cine. También estaban los chicos de la escuela con los que soñaba y con los que al día siguiente sentía una conexión especial, después de todo se habían colado en mis sueños, de modo que debía haber un motivo, especialmente si se trataba de alguien que no había notado antes. Siempre se trataba de algún chico por el que no habría esperado sentir ningún interés, normalmente fresas, con mocasines color café y camisas rosas de botones; en cambio yo me vestía casi exclusivamente de negro y me peinaba de forma extravagante. Hubiera sido una enorme sorpresa que alguno de ellos me invitara a salir, algo que hubiera fracturado todas las expectativas y, no obstante, en mis vívidos sueños se abría una grieta en lo que era una superficie impenetrable, por la que yo esperaba algún tipo de acuse de recibo. Pero no, nunca lo había. Y con el tiempo tenía que aceptar que el sueño no era un mensaje oculto, que no había ninguna conexión entre nosotros y que el chico volvería a disolverse en el fondo hasta convertirse en una cara más de mi salón.

Por lo que a Tomás se refiere, sí, se había aparecido como un imprevisto en el paisaje insertándose en la imagen como no lo habían hecho los demás.

En días menos contaminados se podían ver los volcanes a la orilla de la ciudad, burlones y majestuosos, con los contornos tallados por la luz y las laderas escaladas por innumerables imaginaciones, incluso la mía, especialmente en los momentos en que me sentía acorralada. No hace falta decir que todavía había muchas escenas y paisajes de los que Tomás no formaba parte. Ni siquiera como idea. También era importante que los hubiera. El más exitoso de aquellos intermedios fue una noche en casa de mi amigo Diego Deán, cantante punk rock, dibujante técnico y chamán ocasional.

Una pequeña reunión, me dijo, cosa que sí fue en tamaño, aunque no en tenor, acompañada por la mirada de tres iguanas que parpadeaban aburridas con la llegada de cada invitado. Diego había producido cientos de bocetos de sus compañeras desde todos los ángulos y perspectivas: de frente, de perfil, de espaldas. Dibujaba los ojos prehistóricos, los párpados perezosos, el pesado abrir y cerrar de ojos. Estos bocetos colgaban de las paredes entre los libreros y costaba trabajo saber de qué estaba más orgulloso: de los dibujos o de las mascotas.

Aquella noche las criaturas nos observaban desde sus guaridas, tanques de Perspex colocados sobre los muebles de la sala. Alguien puso un disco de Klaus Nomi mientras sobre la mesa de centro se preparaba una larga espiral de polvo blanco, con tarjetas colocadas en ángulo a la derecha y a la izquierda para crear un camino que parecía el fantasma de un fósil ammonoideo, una espiral algorítmica como las que hacíamos el año anterior en clase de geometría. Una vez completada la espiral, Diego enrolló un billete de cincuenta pesos hasta formar un cilindro e inhaló cerca de dos centímetros de polvo. Después le entregó el billete al tipo que estaba a su lado, quien repitió la acción antes de pasar el billete. Al final, el billete llegó a mí, caliente por tantos dedos, y qué podía hacer que no fuera unirme al ritual.

El ronronear de las voces, mayormente masculinas, subía y bajaba a mi alrededor, hablando como Cantinflas, voces expansivas, compulsivas, que llenaban cada centímetro del aire. Y pronto también yo me sentí recargada, recargada e inquieta e impermeable a todo, y después de inhalar dos rayas me levanté del sofá y me acerqué a uno de los tanques de las iguanas y metí el brazo. Pero apenas mis dedos habían tocado una de las ásperas cabezas Diego corrió hacia mí y tiró de mi manga alegando que claramente yo nunca había sido víctima de los dientes de un dinosaurio, de las garras de un dinosaurio o del látigo que eran sus colas, por no hablar de que nunca hay que acercase a una iguana desde arriba, sólo de costado, de lo contario piensan que las están atacando, además de que le había tomado años ganarse la confianza de una iguana, dijo con orgullo mientras la criatura nos miraba indiferente.

Diego regresó a la mesa y rodeó la espiral como un bufón siniestro. Alguien subió el volumen de Klaus Nomi y por un instante la sala se transformó en el escenario de una ópera y, en mi mente, Diego Deán y Klaus Nomi se fusionaron en uno mismo. Diego podía ser Nomi sin maquillaje, me pareció, tenían las mismas cejas, nariz aguileña y boca como botón de rosa. Pero claro, Nomi había muerto de sida en Nueva York recientemente, según recordaba haber leído, en condiciones solitarias porque a la gente le daba miedo ir a visitarlo. Me sobrecogieron pensamientos oscuros, el lado sombrío de las drogas, motivo por el cual no me aventuraba a usarlas con frecuencia, e intenté hundirme en el sofá observando la menguante espiral mientras le desaparecía alguna curva cada varios minutos, con lo que cada invitado era parte de una operación antihelicoidal que se ralentizaba conforme nos acercábamos al centro.

Estaba pensando en levantarme a ver las iguanas cuando sonó el timbre, anunciando a la banda trasnochada. Eran como astrónomos: la noche nunca era ni suficientemente larga ni suficientemente oscura. Primero estaba Cera con su traje de los años cuarenta, mejillas rubicundas y pelo engominado que lo hacía parecer un muñeco de cuerda, y su compinche el Chino, que vivía con su mascota, el canario Juan el Ciego, invidente de nacimiento y para quien había construido nidos con hombreras desechadas. Y la novia mayor del Chino, Lorita, una mujer tensa con chamarra morada que tenía la tendencia de terminar las oraciones de los demás. Y, por último, el Pitufo, traficante de cocaína que escribía poesía; la gente lo escuchaba recitar sus poemas más recientes a cambio de grapas de muestra, y entre más consumían, mejor sonaban los poemas a sus oídos. Añoraba ser tomado en serio, pero cuando lo veían, la gente no pensaba más que en rayas blancas.

Pronto se formó otra espiral sobre la mesa de centro, salida de un sobre blanco más que de cualquier misterio de torsión. El Chino cambió a Nomi por Bauhaus, y luego puso Japan. La espiral cambió de forma, todos hablaban a la vez y cuando alguien se acercaba a la mesa los demás seguían sus movimientos con pupilas dilatadas casi sin pausa alguna entre cervezas, palabras o cigarros, y aquella noche me sentí delirantemente distante. Distante, sí, hasta que empecé a preocuparme por las iguanas. No las dejábamos dormir; parecían cada vez más molestas. Sugería que bajáramos la luz y el volumen de la música, pero nadie, ni siquiera yo, se molestó en hacerlo, y no fue hasta que una de las iguanas se quedó dormida ignorando a nuestra especie con párpados cerrados que se me ocurrió ver el reloj que decía diez para las tres, información que me sacudió de vuelta a los sentidos, y me despedí de las criaturas durmientes y dejé a los demás con sus rayas blancas y al Pitufo recitando sus propias líneas. Una vez que llegué a la casa —por suerte mis padres dormían— me fue imposible conciliar el sueño. Una electricidad blanca me recorría como si me hubiera programado un técnico malvado. Sólo una vez que estuve dando vueltas en la cama bajo la cobija de lana pensé en Tomás, sorprendida porque había olvidado su existencia por completo durante cinco horas, hasta ahora que el técnico malvado había vuelto a configurar mis pensamientos.

Por las tardes, después de hacer la tarea, regresaba al poema de Baudelaire en un intento por aproximarme a él desde diversos ángulos para ver si un poco más de luz podía iluminar el paisaje. Y durante los diez días en que trabajé en él, anotando todo lo que se me ocurría en cualquier momento, tuve una serie de encuentros con Tomás que, en ocasiones, parecían hacer eco del ambiguo mensaje del poema.

La Citera del poema estaba lejos de la Citera de las historias de mi padre, pero en mi mente las imágenes comenzaban a mezclarse —como lo hicieron también las dos islas, Citera y Anticitera—. No obstante, en realidad cada una tuvo su propio naufragio: los Estrechos de Citera eran de los más grandes peligros náuticos del Mediterráneo, un infame cementerio de barcos, lugar de bancos de arena, cardúmenes y corrientes repentinas. El naufragio de Citera no era ni tan famoso ni tan antiguo, aunque su cargamento sí lo era. A bordo del barco iban los mármoles de Elgin, los que Lord Elgin se había robado del Partenón. Los llevaba hacia Inglaterra en 1802 cuando el navío, el *Mentor*, se estrelló contra las piedras y se hundió cerca de la costa de Citera. La operación de rescate empezó de inmediato y se recuperaron todos los bienes con la ayuda de los lugareños, a quienes nunca les dijeron qué había dentro de las cajas que devolvieron a la orilla, más allá de la insistencia de Lord Elgin que afirmaba que no contenían más que piedras.

Eso ocurrió en Citera. Pero el naufragio de Anticitera pertenecía al gran canon de los naufragios, insistía mi padre, y su entusiasmo era contagioso. La embarcación iba de Rodas a Roma, según se creía, al momento de naufragar cerca de la costa de Anticitera entre los años 70 o 60 a. C., y se quedó en el lecho marino hasta 1900, cuando fue descubierto por los pescadores de esponjas de la isla de Symi, que se refugiaban de una tormenta. El buzo que descubrió los restos del naufragio pensó que estaba viendo una fila de hombres y caballos ahogados sobre la plataforma continental y regresó a la superficie aterrado. Pero cuando el capitán se sumergió para ver por sí mismo, se dio cuenta de que no eran hombres de carne y hueso sino de bronce y mármol, treinta y seis esculturas en total, hombres y caballos, como piezas de ajedrez dispersas en el lecho submarino. Junto a las esculturas y una colección de joyas y ánforas había un mecanismo de bronce, un instrumento con más de treinta engranes que podía medir el movimiento del cosmos, cuyos fragmentos se habían mantenido unidos gracias a la tremenda presión del agua. Reloj antiguo, calculadora, calendario, computadora: los arqueólogos seguían averiguando qué era y descifrando los grabados que cubrían la superficie.

Con Tomás hablaba de temas más sencillos, al menos durante nuestras visitas a la Bella Italia, la heladería de grandes sillas rojas y mesas redondas y amarillas. Mis padres me habían llevado ahí con frecuencia durante la infancia; no había cambiado gran cosa, más allá de los cuatro nuevos sabores y la aparición de una rocola Wurlitzer de ojos brillantes y boca de rejilla plateada. Desde donde nos sentamos, rodeados por el decorado cincuentero, yo podía ver hacia la calle, apurada y sucia en comparación con el impecable interior del local. Tomás comenzó a contar cómo cuando se salió de la escuela se había ido a vivir con un tío. Me contó de la casa del tío, llena de insectos peculiares y mobiliario fantasmal. Yo le conté del primo patológicamente tímido de mi padre, Gamaliel, que iba a la casa a jugar ajedrez. Casi nunca se aventuraba al exterior y padecía la torpeza propia de quien pasa mucho tiempo solo, pero era muy asertivo frente al tablero y casi siempre le ganaba a mi padre. Luego, Tomás me contó de otro tío, obsesivo jardinero de cactus aunque, hasta donde él sabía, los cactus no requerían mucho cuidado. Este tío vivía en Satélite con su esposa y un gato esponjoso cuyo pelaje absorbía los olores de la comida que se preparaba en la casa. Y mientras hablábamos sobre nuestros parientes en lugar de sobre nosotros mismos, yo bajaba la mirada y observaba el helado que perdía su forma original en el plato y, en realidad, también buena parte del universo parecía menos esférica que instantes antes, y luego observaba la separación de sus dientes, preguntándome si se trataba del tipo de cosa a la que uno se acostumbra... ¿Cómo que los muebles de tu tío son fantasmales? Ya sabes, tratan de agarrarme cuando me levanto y no me sueltan. Por cierto, ¿por qué no vienes conmigo a las luchas? Voy a ir el jueves y tengo dos boletos.

Para poder ir a las luchas les dije tres mentiras a mis padres. Primero les dije que iba a ver una obra de teatro. Luego, que iría con Julián y su primo (imaginario), Miguelito. Por último, les dije que el teatro estaba en la colonia Cuauhtémoc. Lo cierto era que iba a las luchas con Tomás a la Arena México, en la colonia Doctores, conocida por el robo de autopartes y la delincuencia, en donde los abarroteros ponían rejas en sus tiendas y atendían a los clientes desde atrás. Hasta donde yo sabía, nadie de mi escuela había ido jamás a esa colonia ni a las luchas.

Un sol rojo hundiéndose en un ocaso de bronce, de colores tan saturados como los de las flores artificiales, nos instaló en la noche. Tomás me tomó de la mano cuando nos vimos rodeados por una marea de personas entrando a la arena, un flujo de magma espeso por la calcinante expectación. Adentro la atmósfera era tan escandalosa como mi padre describía el Coliseo romano: hombres, mujeres, niños, abuelos que llenaban las gradas que rodeaban el ring, un enorme cuadrilátero que se elevaba al centro del recinto. Tomamos asiento en la fila 23 al tiempo que un apurado vendedor se paseaba con bolsas de papitas y cerveza en vasos desechables. Hubo un torrente de música seguido por el maestro de ceremonias, un hombre de bigote y traje negro que anunció a gritos a Blue Demon y al Cachorro Méndez. Al oír sus nombres, los luchadores salieron de detrás de las cortinas. Dos carnosas estatuas de testosterona a punto de reventar los shorts destellantes y las mallas brillosas. Corrieron rampa abajo con el pelo desparramándose de las máscaras, hasta llegar al ring al que subieron de un solo salto en diagonal ayudados por las cuerdas.

Una vez dentro, los hombres no perdieron tiempo para empezar a golpearse de todas las formas posibles. Agarraban la cara del contrincante, le jalaban el pelo e intentaban hacerlo tropezar con las botas de gladiadores, haciendo que las tensas cuerdas del ring se deformaran hasta cambiar la forma del cuadrilátero y que volvieran a su lugar cada vez que un luchador las empujaba para catapultarse hacia el centro. Tomás parecía completamente atrapado por el espectáculo, incluso casi no notó mi presencia, de modo que yo también lo ignoré y nos quedamos sentados lado a lado observando las enormes masas humanas entrelazándose mientras se empujaban, un juego de atracción y repulsión constante que en ocasiones me recordaba un híbrido extraño, que tras fusionar sus elementos volvía a separarlos en dos, como un toro y un hombre unidos en un formidable minotauro que, luego convertido en dos entidades separadas, se encuentran en confrontación directa dentro de una plaza.

Ni siquiera pude darme cuenta de a quién le iba Tomás, si al rudo o al técnico, es decir, al que jugaba sucio o al que jugaba limpio, pero cuando a Blue Demon lo noquearon y ya no se pudo levantar a pesar de la histeria y del diccionario de leperadas que le gritaba el público, Tomás se llevó los dedos a la boca y lanzó un chiflido que rebotó por el techo y volvió hasta mis oídos. Blue Demon no se movía. El silencio cayó sobre la sala. El réferi se acercó al montón de hombre sobre la lona y con un tirón histriónico le arrancó la mascara azul y plata. Y con ello se reveló una cara infantil y se extinguieron toda la fuerza y el misterio.

Durante el siguiente encuentro, entre el Espectro y el Huracán Salgado, Tomás siguió hechizado y en otra órbita, especialmente cuando el Huracán dio un salto suicida, lanzándose de cabeza fuera del ring como una atormentada muñeca de trapo (curiosamente, el oponente detuvo la caída justo a tiempo).

Y supe que ya no tenía ninguna esperanza una vez que aparecieron las luchadoras, la Reina Sombra y Felina Gutiérrez, puro músculo y curvas en sus mallas de leopardo, la tensión embobinada en los muslos mientras caminaban por la rampa y subían de un salto al ring. Desde la primera fila tres mujeres de mediana edad pedían sangre como las tejedoras frente a la guillotina, las caras contorsionadas en tormentas de majaderías y soltando golpes al aire.

De camino a casa, mientras tarareaba un reggae y su camioneta ignoraba todos los semáforos rojos del camino, Tomás mencionó que las luchas estaban coreografiadas y que la mayoría de los movimientos se planeaban con anticipación. Traté de no parecer sorprendida y dije que me alegraba no haberlo sabido antes porque habría interferido con mi disfrute del espectáculo. Pero pensé en el suspenso de Tomás, en por qué parecía tan absorto cuando todo el tiempo supo que la lucha no era real.

A pesar de ser una noche románticamente árida me sentía bañada en testosterona, y de regreso a mi habitación no pude quitarme de encima la pegajosa atmósfera del cuadrilátero. Decidí que el único antídoto era echar mano de los recursos disponibles, es decir, poner un disco de los Smiths; si alguien era capaz de neutralizar el embriagante maleficio de la Arena México eran ellos. Saqué los discos y puse la aguja sobre "What She Said", y después otras ocho o nueve canciones favoritas. Pero no podía sacarme a los luchadores de la cabeza, ni a los luchadores ni a Tomás, unos parecían exaltar al otro: los luchadores tan ardientes, Tomás tan apagado. Qué haría falta, me pregunté, para hacer que esta persona esté un poquito más viva… Más temprano que tarde, al escuchar a los Smiths acabaría pensando en mi amigo Patricio, que tenía un autógrafo de Morrissey enmarcado y colgado de la pared. Estaba de visita con sus padres en Londres cuando detectó a Morrissey en la escalera eléctrica de una famosa tienda departamental, y corrió para alcanzarlo. El cantante fue amable, me dijo, llevaba pantalones de mezclilla y una camisa de poliéster a rayas, y firmó el papelito que le extendió Patricio. Todos peregrinábamos a su casa para analizar el autógrafo que era demasiado valioso para abandonar las instalaciones o el marco, siquiera. Y las dos veces que fui miré y miré el garabato infantil, escrito en mayúsculas, en el que la R a la mitad se inclinaba hacia adelante como si fuera a salir de paseo, y las curvas de las S se quedaban inacabadas, como dos olas paralelas. Pero la cortina cayó una noche de borrachera en que Patricio confesó que había inventado la historia y falsificado la firma, aunque sí era verdad que había ido a Londres con sus padres y eso es lo que había deseado que ocurriera, además de haber practicado tanto la firma que ya le parecía real. El principal efecto de escuchar a los Smiths era, desde luego, una creciente añoranza, una añoranza por lo que fuera que uno no tenía en la vida y que quizá jamás obtendría, y mientras la aguja bailaba sobre mis leales discos me di cuenta de que algo más tenía que pasar con Tomás, algo se tenía que sellar, tenía que haber cierta sensación de complicidad, algo que había aprendido en el departamento de los Burroughs: la complicidad es lo que convierte a dos personas en pareja, sin importar lo que resulte después.

Buscaba la calma en la impaciencia del océano, cuyo único rastro de serenidad era el gris azulado de un paisaje indefinido a la distancia, que no era otra cosa que más mar. Por las noches, el estruendo era tan intolerable que tenía que recordarme a mí misma que el silencio es también una imposibilidad en la ciudad, y que incluso en los días en los que no salía de mi casa la ciudad se abría paso por las ventanas. Nuestra calle no era muy transitada, y aun así el clamor no cesaba: cláxones, los pregones de los vendedores ambulantes, mensajeros en motocicleta, el ruido de los radios en las azoteas y patios cercanos.

Desde la hamaca intentaba conjurar mi sonido citadino favorito, el del tamalero que anunciaba el ocaso con un pregón incorpóreo. El pregón aumentaba la intensidad conforme se acercaba a la casa. Pasaba en bicicleta todas las tardes anunciando los *ricos tamales oaxaqueños, compra tus tamales calientitos*, alertando a todos de los tamales en el vapor del carrito. A veces, cuando hablaba por teléfono con algún amigo oía al tamalero por el auricular y durante un tiempo pensé que tenía el don de la ubicuidad, hasta que alguien me contó que se trataba de una grabación que se activaba con el pedaleo. Al parecer, el tamalero había grabado su voz en casa de un tío, cuando era todavía un adolescente y, como buena parte de los atractivos de la ciudad, había proliferado con el tiempo, extendiéndose por todos los rincones de la ciudad convirtiéndose en la banda sonora de las noches de mucha gente, no sólo de la mía. Los tamales oaxaqueños no le pertenecían a nadie y se liberaban durante el crepúsculo como un globo huérfano.

El foco de luz podía erradicar las sombras en la casa, pero intensificaba todas las de más allá. Los fresas de la escuela tenían sus propios antros, lugares como el News, el Bandasha y el Magic Circus (una megadisco con jaulas para bailar y juegos de luces, que no era ni la mitad de prometedora que su nombre); yo fui a esos lugares en un par de ocasiones en cumpleaños y otras celebraciones, pero la mayoría de las veces mantenía mi distancia: ya era suficiente ver a esos individuos en la escuela, ¿para qué exponerme a ellos también de noche? Y no sólo a ellos, sino a las versiones de mayor edad, sin mencionar a la ocasional estrella de telenovelas de Televisa encabezando la corte desde su mesa detrás de hieleras con champaña. Es más, ¿por qué ir a cualquier lugar que no fuera El Nueve, si ni siquiera el Tutti Frutti y Rockotitlán eran tan espléndidos? Cuando me daban permiso de salir de noche, ahí es a donde iba casi siempre.

El Nueve era el negativo del día, el lugar que llamaba a aquellos a los que preferíamos la luz de la luna europea al sol mexicano. Ubicado a la mitad de la calle de Londres en la Zona Rosa, se tocaba música dark wave, post punk e industrial, con frecuencia cortesía de un DJ escocés, un gótico angular que llevaba botas puntiagudas y una chamarra de gamuza negra con flecos. En la entrada había un letrero en el que se leía ELLAS NO PAGAN y, para aumentar el atractivo, había otro letrero más adentro que decía BARRA LIBRE, aunque se creía que se añadía éter al hielo para restringir el consumo. Casi todos llegaban arreglados como muñecos de cera, la cara empolvada, pálidos, posando sin parar. Algunos se podían salir con la suya y otros exudaban un glamur más bien tieso y forzado. Tomás entrecerró los ojos cuando señalé a algunos de los clientes habituales: Adán el Aviador, con chamarra de piloto, gogles y botas de motociclista; siempre parecía estar a punto de emprender el vuelo, pero en realidad nunca salía de la pista de baile. Y junto a la pared, envuelto en un aura melancólica, el Sauce Llorón, de día editor de una revista y de noche reina del drama. Muy alto y de nariz aguileña, con frecuencia lloraba por algún drama inconmensurable, real o imaginario, mientras el pelo largo y negro le enmarcaba la cara como un sudario. Se sabía que tenía una relación intermitente con los travestis residentes de El Nueve, Carlota y La Bogue, que presidían los diferentes salones como exóticas flores nocturnas. Y también estaban los Ultravox, un grupo de jóvenes con gabardinas grises, todos de voz grave y pelo relamido.

Esto es como un Día de muertos permanente, se quejó Tomás, y agregó en un tono completamente distinto: y hay demasiada música industrial, que regrese la soberanía de la guitarra. Al menos pareció apaciguarse cuando el DJ escocés puso a los Stooges. Uno de los Ultravox se tiró al piso y siguió bailando ahí tirado. Por el rabillo del ojo me pareció ver al líder de los

Anticristos, una pandilla con tatuajes de crucifijos de cabeza en las sienes y que oían el mismo tipo de música que nosotros y de vez en cuando aparecían para arruinarnos la noche pero, afortunadamente, el flacucho con bastón al que vi resultó ser el nuevo cadenero. Llamé la atención de Tomás hacia el monitor suspendido sobre la pista de baile y le expliqué que los videos que se reproducían nunca coincidían con la música que se tocaba en el lugar. El monitor mostraba espectros de ultramar. En ese momento pasaban un video de The Human League, las caras bañadas de sombras y lipstick rojo oscuro. Mientras tanto, en las bocinas ladraba un ritmo industrial de Front 242. Era gracioso, le dije a Tomás con timidez, lo poco sincronizadas que estaban las imágenes con las melodías del antro, tanto como lo estaba nuestra imagen interior con la exterior.

Tras la tercera ronda de vodkas el monitor se puso negro y sacaron la máquina de humo, seguida por el rugido estruendoso del coro de *Carmina Burana*. Medianoche. Se abría oficialmente la pista de baile, la máquina de humo exhalaba, el hielo seco se enredaba por nuestras piernas como enviado desde tierras neblinosas, soltando un glorioso olor a vainilla metálica. La Bogue y dos de los Ultravox encendieron cigarros. Cada semana era el mismo teatro, la misma intoxicación. El humo se hizo más denso y casi no podía ver a Tomás frente a mí. Por miedo a que desapareciera o se disolviera en el éter lo agarré de la camisa y una vez que lo tuve entre las manos me acerqué y lo besé. Así de sencillo. En medio de una imagen evanescente me acerqué a mostrar, sin tener que mostrar nada, lo que quería. Y no hubo resistencia. Pude sentir el espacio entre sus dientes, no tan claramente como lo había imaginado —esperaba una experiencia casi arquitectónica— pero no había manera de ignorar lo que estaba ahí como un portero en la entrada.

El humo se fue disolviendo mientras *Carmina Burana* se convertía en "Lucretia My Reflection", cerré los ojos y me concentré en la modulación. Pero la cabeza me dio vueltas y el suelo se alejó. El éter, el hielo seco, todo me inundó repentinamente. Dame un segundo, le dije a Tomás antes de correr al baño donde doña Susana junto a una charola con maquillaje y un platito para las monedas estaba sentada frente a la imagen en espejo de Doña Susana junto a una charola con maquillaje y un platito para las monedas. Me eché agua en la cara, todo lo fría posible, y me estaba secando con una toalla de papel cuando alcancé a ver un par de botas vaqueras que salían de uno de los baños.

Me volví y abrí la puerta pero no había nadie. No obstante, distinguía la presencia de la chava a la que le dio una sobredosis ahí mismo tras tragarse una botella entera de Valium. La encontramos justo a tiempo. Se encontraba sola, como siempre, así que mi amigo Paco la llevó al hospital para que le lavaran el estómago. Sus padres aparecieron a las dos de la mañana, recién bañados y el papá había estrujado con tal fuerza la mano de Paco que casi le rompe los huesos. Se quedaron diez minutos, susurraron algo a los doctores y se fueron. Para sorpresa de todos, la chava sobrevivió.

Hacía mucho tiempo que no pensaba en ella, pero ahora veía claramente por debajo de la puerta, las botas raspadas, el gumi de caucho enredado en el pelo mientras la arrastrábamos fuera, la chamarra de mezclilla y la cajetilla de cigarros Camel sin filtro en el bolsillo. La había visto muchas veces, bailando en la pista aleteando los brazos o fajando en algún rincón con el DJ escocés. En general, no molestaba a nadie y sólo se metía en las conversaciones para pedir un cigarro. ¿Por qué fue que esta persona, este drama de un año atrás, se me metía en la cabeza ahora? Tomás estaba en el salón contiguo y algo estaba a punto de moverse entre nosotros, o quizá ya se había movido, y aquella escena me parecía más real que la que acababa de abandonar y no conseguía obligarme a volver a la pista y la mera idea de Tomás me daba escalofríos, así que del baño crucé frente a la barra y salí a la calle pasando frente al letrero de ELLAS NO PAGAN, que era una burla porque claro que sí pagábamos, el cobro se hacía de otras formas y, además, al no pagar, terminábamos debiendo aún más.

Me senté en los escalones de una chocolatería cerrada hasta que me dejara de dar vueltas la cabeza para poder pensar qué hacer. En el sitio de taxis había cola. Podía ir caminando hasta mi casa, pero los rumores recurrentes me volvieron a la mente. A unas pocas calles de distancia el cantante Jordi Espresso había sido víctima de un asalto a mano armada por el kilo de oro que llevaba colgando del cuello. Acababa de salir de la cárcel donde pasó años componiendo canciones sobre la vida en prisión e iba desarmado. A unas calles de ahí, en Hamburgo, apuñalaron a un chichifo que, tras arrastrarse hasta media calle, colapsó sobre el cofre de un Toyota estacionado frente al café Duca d'Este. En Polanco, asaltaron a una niña en bicicleta en la esquina de Dante y Tolstoi. Era demasiado tarde para llamar a mis padres y pedirles que pasaran por mí.

De pronto, un regalo divino: mi amigo Mizfit con las llaves de su coche en la mano. Había estado en su Golf azul muchas veces, con frecuencia junto a otras ocho personas apretujadas y sentados unos encima de otros, y así empezaban los romances, de camino a alguna fiesta lejana cuya dirección no coincidía en los diferentes papelitos donde se había anotado, en caravana con Mizfit a la vanguardia, mientras nos perdíamos y la oruga motorizada nos seguía en medio del caos y la anticipación, la música estruendosa y las ventanillas abajo. Al final, la fiesta era en el coche más que en el destino final. Por fortuna, aquella noche éramos sólo Mizfit y yo en el Golf; yo respiraba profundo de camino a la colonia Roma; el viaje me pareció dos veces más largo que de costumbre y su coche parecía caer en todos los baches desde el peor ángulo posible.

En Álvaro Obregón le pedí que me dejara bajar. Era casi la una de la mañana. Había poca actividad en las calles. El coche ocasional, disfrutando del espacio libre, pasaba a toda velocidad a mi lado, mientras que iba por el camellón, las bancas de hierro forjado vacías, salvo por alguno que otro vagabundo o parejas de enamorados. Intenté concentrarme en mi respiración —lenta, profunda— y evité pensar en Tomás y en El Nueve. El vértigo estaba pasando pero todavía me sentía repleta de éter.

Estaba a punto de dar la vuelta en Orizaba cuando vi una escena extraña iluminada por los postes de luz. A veces veía a los chavos de la glorieta de Insurgentes mojándose en las fuentes y dejaban zapatos y gorras en la orilla. Aquella noche vi algo mucho más curioso. Una figura femenina poco joven en una de las fuentes. Ahuecaba las manos para echarse agua en la cabeza y el pelo largo le cubría el cuerpo más bien jorobado, que a la luz de la luna parecía una perla irregular con curvas y bultos fuera de lugar. La piel se le arrugaba en lonjas de diverso ancho, y los riachuelos de agua que corrían por su cuerpo agregaban dobleces como si se estuviera bañando en una fuente de la juventud al revés. ¿Alguna de las estatuas griegas o romanas de la fuente había cobrado vida?, me pregunté. ¿O acaso era una broma de mi padre, en la que la mitología clásica tenía pulso ahí en las calles de la Roma? Pero no, a diferencia de la chava del baño, la mujer era real.

De pronto se volvió hacia mí y se dio cuenta de que la miraba. Nuestros ojos se engancharon durante una fracción de segundo y pude ver que era la indigente que solía estar sentada frente a la Sagrada Familia mendigando en los escalones, con una falda tan vaporosa como el rosetón de la ventana superior. Decían que le gustaba dormir en la última banca de la iglesia hasta que llegaba el vigilante y le avisaba que ya iban a cerrar. También la había visto dormir en el parque y en el 7-Eleven poniéndole café a su sopa Maruchan. A pesar de su dirección al aire libre, siempre estaba notablemente limpia y ahora entendía por qué. Temiendo molestarla, desvié la mirada y corrí el último trecho hasta mi casa, afortunadamente, mis padres dormían cuando llegué.

Ahora, en la playa, recordaba con nostalgia la fresca y crepuscular gruta de El Nueve. Toda costa debería tener al menos una gruta, pero no. Zipolite no tenía ninguna. Tenía vueltas y curvas y algunas rocas muy grandes, quizá incluso algunos lugares cóncavos donde era posible esconderse, pero no, no tenía ninguna gruta en forma.

Si no hubiera leído el artículo, puedo decir con certeza que nunca habría ido a Oaxaca. Si no hubiera leído el periódico del día anterior en la cocina, después de cerrar la ventana y sentarme a comer un sándwich de aguacate con chile, el viaje nunca habría tenido lugar.

La televisión no servía, de modo que había echado mano del único material de lectura disponible, un ejemplar del *Excélsior* del día anterior que abrí frente a mí para que los ojos pudieran viajar de una arrugada página a la otra para leer los titulares: Robos continuos en cementerios: hasta huesos y lápidas se llevan; Con dóbermans y tanques desalojan a cardenistas; El precio de las flores aumenta 500%, ante autoridades indiferentes; Anciana encontrada en sillón llevaba muerta días; Ladrón de maletas arrestado en

AEROPUERTO. Iba por la mitad del sándwich cuando mis ojos se posaron sobre un titular menos común. En los márgenes de las noticias habituales había una nota diferente, escrita en una voz distinta:

Enanos ucranianos en fuga. Doce enanos ucranianos huyeron de un circo soviético. El circo y los enanos estaban de gira en México desde principios de octubre, tanto en la costa como tierra adentro. Entonces, sin advertencia alguna, se fueron. De acuerdo con las autoridades desaparecieron por la noche con lo que llevaban puesto, que eran trajes de lentejuelas verdes con cuello morado y enormes zapatos negros. Tras la función en Xalapa, Veracruz, que según personas del público se llevó a cabo con gran elegancia y compostura, la compañía regresó al oxidado tráiler en el que dormían todos y no se presentaron a la cena a pesar de su notable apetito. Por la mañana, el tragasables alemán tocó a la puerta sorprendido al no ver a ninguno en el desayuno ni en el desmontaje de la carpa, y la respuesta no fue más que silencio. Entró y encontró el tráiler vacío hecho un desastre. Tras meses de maltrato a manos del maestro de pista, conjeturó el tragasables, los enanos habían tenido suficiente. Y por lo tanto se escaparon sin nada más que los disfraces. Sin dinero, sin pasaportes, sin otro idioma que el suyo propio, sin cartas ni salvoconductos oficiales. Los compañeros del circo suponen, no obstante, que se dirigen a la costa de Oaxaca.

Doce enanos ucranianos escaparon de un circo, se dieron a la fuga y están sueltos en nuestro país. Sin reglas. Sin autoridades. ¡Fuga!

Arranqué la página del periódico. La guardaría en un cajón, no, en un libro, no, en mi mochila. Siempre es importante encontrarle un buen lugar al material inflamable. La doblé en ocho y la metí a la mochila para que estuviera en compañía del revoltijo habitual y me terminé, mecánicamente, el último pedazo de sándwich con la mente completamente alejada de una actividad tan prosaica como era comer. Una idea comenzaba a formarse. Se reforzó cuando salí a dar una vuelta cerca de la casa ya que tenía que regresar a hacer la tarea, y mientras caminaba recordé algo que me habían dicho mis padres alguna vez, que nuestra colonia había sido creada a comienzo del siglo xx por un inglés de nombre Walter Orrin, cuya familia fundó el Circo Orrín, el primer circo en México que usó electricidad, y él invirtió las ganancias en propiedades e incluso llamó a la zona La Roma en honor al antiguo circo romano y ciertas calles —Morelia, Orizaba, Tabasco, Veracruz— en honor a los lugares del país en donde su propio circo había recibido los más fuertes aplausos. Un cirquero construyó nuestra colonia, Luisa, ¿qué te parece?

Caminé por esas calles y por otras más, incluyendo Tonalá, en donde me detuve frente al Instituto Goethe para observar a los alumnos que jugaban futbolito concentrados en la partida, y me pregunté por qué tantas escuelas de idiomas tenían mesas de futbolito pegadas a la ventana. También me detuve frente a la tienda de mascotas y observé en el aparador la extraña comunicación entre un perico verde brillante arrancado de la selva lacandona y un canario domesticado en su jaula, y entre un gato persa, cuya cara era una masa amorfa color gris, y dos inquietos gatitos siameses. ¿Cómo harían los enanos para arreglárselas allá afuera?

Quizá podríamos llamar al periódico para averiguar si hay alguna novedad, dijo mi madre durante la cena.

Ellos también habían leído el artículo.

Estoy seguro de que van a volver, añadió mi papá. Por cierto, hablando de actos de desaparición, hoy llamó Basilia Lapadu. Dice que no has ido a las tres últimas clases.

La maestra Basilia Lapadu de Bucarest sabía muchos idiomas y enseñaba italiano en mi escuela; incluso en los días más calurosos se ponía chalecos de lana con rombos. Oficialmente no era mi maestra, pero aquel otoño mi padre le había pedido que me diera clases de latín durante el recreo. Al principio me pareció una buena idea. Mis recreos solitarios ahora tendrían un propósito. Pero poco después me dominaron la distracción y la impaciencia, y la maestra Lapadu también era de constitución impaciente, de modo que cada clase era el encuentro de dos mechas muy cortas: la mía por haberme comprometido a aprender latín durante mi tiempo libre y la de ella por haber aceptado enseñar latín durante su tiempo libre a una niña que no apreciaba su sacrificio.

Te comprometiste a un semestre.

Cambié de opinión.

Después lo vas a agradecer… Siempre tendrás la base del latín.

El artículo se me quedó en la cabeza un tiempo, aunque adormecido, y los días se llenaron con otras distracciones. Un domingo aparecieron dos hombres en una grúa sobre Álvaro Obregón, cortando las ramas de los árboles de la avenida, dejando a su paso individuos arbóreos verdaderamente trasquilados. Nuestra vecina Yolanda, de Zacatecas, abrió un salón una belleza de nombre Yolanda's of London en donde antes hubo una tienda de productos michoacanos. Otra tarde fui con Tomás a la Bella Italia y le dimos buen uso a la rocola, a pesar de la evidente divergencia en gustos musicales. Y de un día para otro apareció un candado nuevo en la casa abandonada, se podía ver desde lejos de lo grande y brillante que era, destacando junto al anuncio de la empresa constructora PÉREZ Y MORRALLA.

No obstante, la principal novedad fue el terreno en construcción. Un sábado por la mañana me despertó el sonido de un taladro. Me levanté de la cama y bajé al tiempo que mi padre salía a investigar de qué se trataba. Con horror, nos dimos cuenta de que la casa de junto estaba en remodelación. Eran apenas las 8:35 de la mañana y ya había decenas de albañiles haciendo varios trabajos, algunos dando con sus martillos en la pared, otros taladrando o excavando, otros más armando los enormes andamios. Al parecer iban a destripar la estructura completa. Un hombre con traje de lino pegaba un permiso de construcción en los vestigios de la reja.

Al ver al hombre mi padre se acercó e, identificándose como vecino, pidió una explicación. El hombre respondió que la casa, que había estado vacía durante años, había sido vendida recientemente y que los nuevos dueños, una familia de Monterrey, planeaban hacer varios cambios antes de mudarse. ¿Qué tipo de cambios?, preguntó mi padre, y el hombre del traje de lino respondió que la familia había sobrevivido dos intentos de secuestro y que se mudaban a la capital con la esperanza de que fuera más segura que Monterrey, pero querían fortificar la casa de todas maneras, así que un experto en seguridad les había aconsejado qué construir, qué derribar, qué instalar y qué cubrir para convertir la casa en una fortaleza. Y ahora que ya tenían luz verde los trabajadores podían comenzar sus labores. Mi padre, apretando los puños, preguntó cuántos meses tomaría la construcción, a lo que el hombre respondió que, con un poco de suerte, no más de seis. Seis meses, repitió mi padre, y el hombre dijo: Sí, bueno, si tenemos *mucha* suerte pueden ser unos cinco, esforzando mucho las cuerdas vocales por el taladro que había vuelto a las andadas. Y así fue como la casa vacía de junto pasó de ser una ruina abandonada a convertirse en un hervidero de actividad, la inercia remplazada por un alboroto de máquinas, el pasto seco aplastado por la grava, un santuario que ratas y lagartijas ya no podían reconocer.

De un día para otro se agregó una nueva capa de ruido a la calle. Los trabajadores llegaban cuando yo salía para la escuela, y algunos ya estaban sentados en la banqueta comiendo sus tortas mientras otros comenzaban a organizarse. De vez en cuando alguna mezcladora de cemento pasaba la noche en la calle, lista para retomar el trabajo por la mañana. Y uno por uno iniciaba los martillazos, mazazos y el ruido del taladro, uno por aquí, otro más allá, seguidos por otro taladro que sonaba tan fuerte que algunas habitaciones de mi casa vibraban. Sonaba más a destrucción que a construcción, y de vez en vez había algún ruido irreconocible, algo entre un balido y un rugido, como un furioso animal metálico. Parecía como si cada momento, cada sonido de nuestra calle, alimentara, fortaleciera y empoderara la construcción. Cuando estaba en la casa, estaba consciente del ruido todo el tiempo, incluso por las noches cuando las herramientas yacían inertes. Y a veces, cuando me asomaba por la ventana encontraba a alguno de los trabajadores que seguía martillando, algún albañil solitario golpeando el crepúsculo.

Pronto el tamalero empezó a llegar más temprano, a tiempo para que los albañiles comparan tamales al final del día laboral. Lo escuchaba acercase por la calle como si el carrito trajera consigo todos los sonidos con los que se había topado, un gran imán que recolectaba el ruido de la ciudad como si fueran limaduras. Su pregón avanzaba frente a nuestra casa hasta que se fundía con el ruido de la construcción y, una por una, las voces de las herramientas se iban callando, primero los martillos, luego los taladros y al final la mezcladora; tras unos minutos me asomaba por la ventana y veía a ocho o diez hombres alrededor del carrito comiendo tamales.

Mi padre tenía una oficina en la universidad, pero escribía principalmente en la casa y la gran ventana rectangular de su estudio daba a la construcción y ofrecía una vista panorámica. Adiós a los años de silencio, dijo, como si la situación fuera permanente, pero se rehusó cuando mi madre le ofreció su rincón de la sala. Prefería pasar horas viendo hacia abajo, escrutando los movimientos de los albañiles con tanto detalle que el arquitecto bien hubiera podido solicitarle reportes diarios, y sólo se sentaba a trabajar cuando se tomaban un descanso o se iban a sus casas. Años después mi padre podía contar en una sola mano los títulos de los artículos que había escrito y los capítulos del libro que había intentado escribir contra aquel mural de ruido y actividad.

En la esquina de nuestra calle vivía un empresario industrial, uno de los pocos adinerados que se quedaron después del terremoto, alguien de apellido largo y currículum corto. Cuando volvía a casa hacía que el chofer tocara el claxon desde antes de llegar para anunciar el arribo con tiempo para que abrieran las enormes rejas negras en el momento exacto. En todos los panoramas hay algún idiota que llega a destruir el silencio, decía mi padre, y cada vez que lo decía, yo pensaba en el empresario, aunque lo que destruía no era necesariamente silencio.

Entonces, una tarde tuve oportunidad de ventilar mi idea, la idea que había comenzado a tomar forma mientras caminaba por las calles con nombre de sede de circo cerca de mi casa, una idea incómoda, es cierto y, no obstante, una que no pude sacudirme una vez que empezó a hacer piruetas en mi cabeza. En mente ocupada no entran moscas, y como reza este dicho apropiado para cualquier edad, incluso para los diecisiete años, estaba segura de que era sabio echar las cosas a andar.

"Los guardaespaldas deben comprar boleto", se leía en el vestíbulo del viejo cine, pero los nuestros eran invisibles y Tomás y yo encontramos lugar sin guaruras en una de las filas centrales.

Muñecos infernales era una cinta en blanco y negro de 1961, con una trama más o menos sencilla. Cuatro arqueólogos tontos roban un ídolo de un templo vudú en Haití y lo traen de vuelta a México, donde pronto tienen que lidiar con las consecuencias. Las escenas van de ellos a un médico brujo que planeaba la venganza, enviando a sus muñecos asesinos a castigar a los infractores. Los muñecos llegan en cajas, envueltos como juguetes, pero, una vez abiertos, cobran vida para dar paso a la destrucción. Vimos fijamente cómo los pequeños asesinos se acercaban a sus víctimas con largos dardos envenenados para enterrárselos en el cuello. Era difícil saber si los actores con máscaras de muñeco eran niños o adultos bajitos; la ambigüedad era lo que daba más miedo. El mejor momento fue cuando un médico le hizo la autopsia a un muñeco decapitado, cortando con el bisturí el esternón de yeso. Los costados del pecho comenzaron a hundirse y los ojos de la cabeza que estaba en el suelo brillaban y emanaban tal maldad que varias personas a nuestro alrededor no pudieron evitar dejar escapar un soplido. Sólo entonces Tomás y yo nos tomamos de la mano, no recuerdo quién primero, y cuando acabó la película con un crucifijo y un incendio, las dos únicas fuerzas capaces de acabar con los muñecos, su brazo ya estaba firmemente alrededor de mi cintura y así seguimos hasta salir del cine. Estaba concentrada en los puntos de contacto y presión al grado de no poner atención a nuestras coordenadas, y no fue hasta varios minutos después que me di cuenta de que me había llevado a la Casa de las Brujas, un café operado por impresores, en la plaza Río de Janeiro, no muy lejos de la casa abandonada. Yo vivo muy cerca de aquí, protesté, vamos a otro lado, pero él me preguntó si tenía algo que esconder.

El interior era jovial a pesar de la famosa fachada brujeril del edificio. Cada mesa tenía un mantel de papel y una jarrita con crayolas al centro. Tras ordenar un par de cervezas y quesadillas Tomás se disculpó para ir a saludar a su amigo Matías, que trabajaba en la cocina.

Mientras Tomás no estaba me di cuenta de que en la mesa vecina se desarrollaba una escena extraña. Un hombre de barba exuberante y camisa de franela arrugada sin varios botones estaba sentado frente a dos niñas como de diez y doce años, que se le parecían mucho (hasta donde se alcanzaba a ver entre el follaje facial). Estaban muy bien vestidas con suéteres color rosa de cuello en v, faldas grises plisadas y mocasines... a diferencia del señor, a quien yo había visto durmiendo en las bancas del camellón con un abrigo cubriéndole las piernas. El hombre partía con la mano un bolillo dentro de una bolsa de Sumesa, metiéndose grandes trozos a la boca mientras hablaba, y las niñas, frías y distantes, casi no registraban su presencia. Estaban concentradas en hacer un dibujo, un laberinto de curvas y ondulaciones que se extendía por todo el mantel.

Este edificio, niñas, les decía el hombre con voz paternal, fue diseñado por un arquitecto de nombre R. A. Pigeon. Pigeon significa paloma en inglés y, como ya se sabe, la arquitectura y las palomas son inseparables. ¿Oyeron lo que les acabo de decir, niñas? Inseparables. Una de las niñas levantó la mirada para verlo, luego miró a su hermana y siguió dibujando. Había dos vasos con una bebida rojiza, quizá agua de sandía, junto al pedazo de pan que ahora les ofrecía el padre, acompañado de un trozo de queso de supermercado todavía en la envoltura de plástico. Insistía en que comieran, arrancando más pedazos de pan, colocándolos sobre la mesa y abriendo el queso con el cuchillo de la mantequilla, pero las niñas hacían como que no conocían al hombre frente a ellas, aunque yo estaba segura de que era su padre. Una sacó una cartera de brillitos y dentro pude ver varios billetes de cien pesos, y le susurró algo a la hermana. Seguramente viven muy cómodamente con su madre y el nuevo marido, decidí, y una vez al mes las obligan a ver a su padre, que las abandonó, vive perdido en la calle y a veces no llega a la cita convenida. Sí, ésa era la historia, pensé, al tiempo que el hombre se atiborraba de pan y queso. Sospeché que tendría algunas teorías conspiratorias rondándole en la cabeza, ideas que habría querido compartir, pero las niñas estaban concentradas en otras cosas, entre ellas, la deliciosa cena que les esperaba en casa. No tenían permitido pedir nada del menú además de agua de sabor, conscientes de la frugalidad que dictaba la vida de su padre, y en aquel café no había ninguna otra cosa interesante que no fuera el tarrito con crayolas.

Deja de verlos, es de mala educación. Tomás había vuelto a la mesa y me observaba, de pronto muy preocupado por mis modales. Me obligué a ver hacia otro lado y le pregunté si había encontrado a su amigo. Sí... e inició una historia ligeramente soporífera sobre cómo su amigo prefería el chocolate caliente de la otra cafetería en la que había trabajado, porque tenía especias y... Acabábamos de salir del cine, nos habíamos sentado lado a lado en la oscuridad y ya estábamos distraídos por otras personas. El hombre y las niñas se pararon para irse, el señor guardó un fajo de servilletas en su bolsa y salió de prisa, las niñas iban adelante como si acabaran de darse cuenta de que se les había hecho tarde. ¿Qué fue todo eso?, preguntó Tomás. Le expliqué mi teoría acerca de las vidas separadas que llevaban padre e hijas, el hombre de la calle y las niñas que vivían entre lujos, pero no pareció muy intrigado. Tras pedir otra ronda de cerveza sacamos dos crayolas del tarrito, una verde y una azul. Tomás dibujó mi cara y yo la suya; ninguno de los dos era un artista nato a juzgar por nuestras obras, pero pronto hubimos cubierto más de medio mantel con dibujos.

¿Y qué más has hecho, además de ir a la escuela?, preguntó. ¿Qué haces el resto del tiempo? Mentalmente recorrí las imágenes de mi vida y nada parecía suficientemente emocionante, hasta que se me ocurrió contarle de los enanos. Tenía la intención de hacerlo, claro, y en un afán por espantar silencios incómodos en la Casa de las Brujas, aquél me pareció un momento ideal. Incapaz de recordar los detalles me inventé algunos por el camino: *uno de los enanos era buenísimo en la cuerda floja, otro en el trapecio; en el tráiler se encontraron frascos de polvo volteados, listones en cascada desde el lavabo y una manzana a medio comer; el acróbata de Tbilisi estaba desconsolado, estaba comprometido para casarse con la más hermosa de las enanas, que siempre llevaba una pipa, y habían planeado tener muchos hijos.* Observé satisfecha que Tomás se inclinaba sobre la mesa, encantada de controlar toda su atención, e intenté imaginar más detalles, pero antes de poder soltarlos me interrumpió.

¿Dónde crees que estén ahora?

La gente del circo dice que se fueron a Oaxaca.

¿Oaxaca?

Eso creen. A algún lugar en la costa.

Tomó la crayola azul y comenzó a dibujar una costa hasta que la mano llegó a la orilla de la mesa.

Me encanta Oaxaca.

¿Sí?

Especialmente Zipolite.

Dibujó monitos de palitos, árboles y una choza.

Zi-po-li-te, repetí, como si fuera un conjuro.

Sí, muchos lugares en Oaxaca tienen nombre de conjuro. Juchitán, Tlacolula, Yalalag, Yanhuitlán…

El crayón azul los fue deletreando.

¿Cuándo fuiste por última vez?

El año pasado. El otoño es la mejor época para ir.

Traté de añadir algo, pero las palabras se me atoraron en la garganta.

Agregó grandes olas al dibujo.

... Sí, el otoño es la mejor época. Hay turistas pero no tantos. Al menos en la playa.

Entonces expuse la idea que, hasta ese momento, no era más que una idea que entraba y salía junto con otras, destinada quizá a no convertirse en nada más:

¿Por qué no vamos? Vamos a Oaxaca a buscar a los enanos.

Tomás me miró fijamente con los ojos muy abiertos y le dio un trago a la cerveza.

¿Hablas en serio?

Sí, vamos.

Una breve pausa.

Pero ¿te van a dejar tus papás? ¿No tienes clases?

Me oí hablar.

Bueno, sí... Sí tengo clases, pero seguro no importa si falto unos días. Y creo que sería mejor no avisar a mis padres porque no me darían permiso...

Tomás observó mi cara sin hablar, con el crayón inmóvil en la mano. No sabía si estaba sorprendido, impresionado o ambas cosas.

Okey, Luisa, vamos.

Podemos empezar a buscar en la ciudad.

¿No dijiste que iban a la costa?

Eso es lo que creen los de circo. Pero a estas alturas ya pueden estar en algún pueblo o incluso en la capital del estado.

Vamos a la costa.

Prefiero quedarme tierra adentro, respondí.

Si no vamos a la costa, no tiene caso ir.

Quise agregar alguna condición, pero no se me ocurrió ninguna.

No te preocupes, Zipolite te va a encantar. Y si saben lo que es bueno, ahí es donde estarán tus enanos.

Zi-po-li-te. Pronuncié las cuatro sílabas y me terminé lo que quedaba de la cerveza, sonreí indecisa ante el mapa que había dibujado Tomás con altas olas y árboles y hombrecitos de palo, un mapa inconcluso del lugar que habríamos de ocupar. Antes de salir de la Casa de la Brujas, arranqué el dibujo con paisaje del mantel y lo enrollé, y cuando llegué a la casa lo escondí detrás de un abrigo en mi clóset, en caso de que alguien pudiera identificar el lugar exacto de la costa al que íbamos.

Zipolite tenía una astronomía que resplandecía a través del cielo nocturno, pero por la mañana se disolvía en constelaciones de hombres y mujeres sonámbulos vagando por la arena, algunos de ellos conscientes, quizá, de que la palabra resaca se refiere tanto a la cruda como a la marea. Mientras paseaba por la playa pensé en mi anuncio favorito en el Periférico, el de los instrumentos geométricos que la empresa Baco anunciaba en un enorme letrero de neón. Había estado ahí desde mi infancia, los instrumentos actuaban las funciones de sus brazos giratorios, las tijeras se abrían y se cerraban, el compás daba vueltas, la regla y el lápiz tomaban medidas, el largo y ancho de los días, direcciones tomadas o no tomadas. En Oaxaca yo estaba más allá del perímetro, mucho más allá, y podría tomar cualquier ruta, elegir cualquier distancia.

Cada vez que pasaba por el anuncio de Baco cerniéndose sobre el afluente de coches, midiendo algo más grande que el tránsito vehicular, me sentía energizada y segura de mi decisión. No obstante, los días previos al viaje estuvieron plagados de ensoñaciones y debates silenciosos, dudas y momentos de pánico fortuito. Sin embargo, en su mayoría, la ensoñación derrotaba a la culpa —la culpa hacia mis padres— que a veces crecía hasta alcanzar enormes proporciones, especialmente durante la cena, donde flotaba sobre la mesa como un torpe candelabro, pero cuando volvía a mi habitación se encogía hasta hacerse más tolerable.

En ocasiones pensaba en el miedo que les desataría y me daban náuseas, pero nunca tantas como para cancelar el viaje. Bueno, más que un viaje se sentía como una fuga, una melodía de elementos opuestos que se entretejen, dos tonadas independientes que al final se unen y, una vez combinadas, se convierten en fugitivas, notas fugitivas que escapan a través de los compases del pentagrama musical. Tenía diecisiete años y había llegado la hora de afirmar mi independencia: mira a Tomás, que se fue de su casa para vivir con un tío, y a Julián, que vivían en circunstancias inusuales diseñadas por sí mismo; había aceptado la vida como era por tiempo más que suficiente, sin mencionar que antes de Oaxaca había trabajado como nunca para terminar la tarea a tiempo y había escuchado atenta a las lecciones imprevistas de mi padre. Puertas abiertas, recordatorios de todos los días, aquellos en que pudiste haber salido de tu cuarto pero no lo hiciste. Y de las veces que sí saliste y hubieras deseado no haberlo hecho. Las puertas abiertas matan la promesa de concentración y finitud, habría dicho mi padre, nunca confíes en nada que puede cambiar de ángulo tan hábilmente.

No se imaginaba que ahora cualquier cosa de la que hablaba me parecía relevante al plan, ya fuera que reforzara mi decisión o alimentara mis dudas. Pero siguió siendo el caso que los barcos en el suelo marino eran mucho más interesantes que los de la superficie, y no podía evitar buscar entre los libros de su estudio que tenían fotografías azul turquesa y que mostraban las fantasmagóricas masas acostadas de soslayo sobre el lecho marino, enormes siluetas alguna vez impulsadas por el viento y ahora por el agua.

Durante la cena seguía hablándome de mares tormentosos y navíos saturados cuya carga había sido saqueada sin consentimiento. En el naufragio de Anticitera, por ejemplo, había un caballo perdido, una enorme estatua de mármol que resultó imposible de sacar y volvió a las profundidades dando tumbos, eligiendo el mar, y hasta el día de hoy ahí estaba aquel caballo que se les escapó, galopando por las infinitas laderas del fondo del mar, pateando nubes de arena.

Todo naufragio es una historia sellada y resellada, decía mi padre, y vulnerable a las intrusiones modernas. La intrusión de saqueadores y especuladores y arqueólogos marinos amateurs, pero también la intrusión de los pulpos, bien conocidos trepadores que rebuscan entre los naufragios objetos para decorar su casa y, en esa búsqueda, contaminan o interfieren con la información. También pueden arruinar la armonía cronológica.

Armonía cronológica.

Las historias de los pulpos aligeraban las cosas. Mientras que cualquier mención sobre los pescadores de esponjas de Symi tendía a oscurecer el panorama. Los buzos se lanzaban verticalmente, a veinte metros de profundidad, aguantando la respiración mientras cortaban del fondo tantas esponjas como les era posible. Incluso si hubiera sido buena nadadora la imagen me habría resultado inquietante, pero la sola idea de la presión en los pulmones mientras recogían esponjas hasta el último instante posible y luego volvían a la superficie para respirar, y que al llegar con frecuencia sucumbían ante la narcosis de nitrógeno o al mal de presión, me recordaba, como si hiciera falta, nuestro dramático contrato con el océano.

Una tarde de particular indecisión en que ni siquiera el mapa escondido en el clóset tenía el poder de aligerar, cayó una lluvia torrencial. Era el tipo de lluvia que se solidificaba hasta ser granizo y el tipo de tormenta que hacía que se fuera la luz durante horas. A veces las tempestades mexicanas son realmente bíblicas. La más reciente se había cobrado casi sesenta caballos en un club ecuestre en Tecamachalco. Atrapados en los establos e incapaces de escapar de la inundación de tres metros, la mayoría se ahogó o fue arrastrada por las corrientes de lodo y agua. Lo vimos en las noticias. El anciano cuidador había tratado de liberarlos pero murió en el intento y lo encontraron más tarde enterrado bajo un mausoleo de ladrillos. Transmitieron imágenes de los cuerpos muertos en las cajas de las pickups, las cabezas colgando y el pelaje cubierto de lodo, mientras los jinetes y otras familias los observaban llorosos desde lejos.

Ésa había sido la última gran tormenta y luego vino ésta, una tarde a finales de octubre en que, aunque la temporada de lluvias ya había terminado, algo se apoderó del cielo.

Llevaba en mi casa más de una hora. Mi padre seguía en la universidad y mi mamá estaba dando una clase de traducción.

La lluvia golpeaba las ventanas mientras yo estaba acostada en el sofá de la sala. Desde donde estaba, con la cabeza sobre dos almohadones, podía ver el piano heredado de los abuelos, con la misma partitura juntando polvo desde que tenía memoria, era lo único que mi madre quería tocar, esas piezas de Satie, y de hecho yo asociaba tanto ese piano con Satie que me hubiera sorprendido mucho que de sus entrañas saliera cualquier otra cosa. Y encima del banco del piano, el saco verde olivo de mi padre, los surcos del corduroy tan gastados que ya no se distinguían; era su saco favorito y lo usaba más de lo que mi madre tocaba a Satie, pero ese día se fue de la casa con otra cosa puesta.

El viaje. Mis padres. El viaje. La mente daba tumbos de una idea a la otra y no había forma de reconciliarlas. Empecé a preguntarme si debía cancelarlo, explicarle a Tomás que debía quedarme en la ciudad para entrevistarme en universidades; trataba de pensar en un futuro distante muy cercano, más cercano que distante, de hecho, y hacía las solicitudes de ingreso a universidades extranjeras. En cualquier momento llegaría algún profesor de Europa o Estados Unidos y me llamaría con poca anticipación para hacerme una entrevista. Sí, eso le diría, que no podía ir a la playa pero que quería verlo en cuanto fuera posible aquí en la ciudad. Tenía que permanecer aquí en modo de espera.

La lluvia aumentó en estruendo y volumen. Se solidificó en granizo. Al granizo lo siguió el apagón y de un minuto al otro todas las luces se fueron y la corriente eléctrica se cortó. Encendí tres velas, cuyos pabilos se retorcían al tiempo que las paredes vibraban con cada trueno. Una mano gigante de viento agarró la casa y la sacudió. Se apagó una de las velas. Oí sonidos desde otras habitaciones, el abrir y cerrar de cajas, objetos que se multiplicaban en el estudio de mi padre. No quise estar sola un segundo más. Me puse la chamarra y corrí a la calle, a la manía de puntuación de los elementos, a los furiosos signos de interrogación de los cláxones de los autos —los semáforos parpadeantes—, los signos de admiración de la lluvia antisocial golpeando cabezas y hombros, y corrí de techo en techo hasta que llegué al Covadonga, empapada.

Encontré un encendedor en el bolsillo y tanteé el paso hacia los pisos superiores, detectando figuras indefinidas en cada piso y las luciérnagas en las puntas de los cigarrillos de la gente. Y, arriba, Julián, instalado ante una mesa plegable acompañado por dos velas. Me saludó con la mano cuando me vio, los pasos siempre suenan más fuerte en la oscuridad, y me llamó hasta donde estaba sentado. Bajamos la voz mientras la lluvia azotaba la puerta de metal que daba al balcón. Un goteo pertinaz anunciaba un problema de impermeabilización. Julián reacomodó las velas de forma que nacieron nuevas sombras sobre la pared a nuestras espaldas. Obedeciendo una repentina orden interior, le dije, enséñame un duende. Levantó una mano y trató sin éxito de proyectar una sombra contra la pared. No… Entrelazó las manos y esta vez produjo un lobo que, desde luego, no era un monstruo. Me quejé e hizo otro intento hasta que consiguió proyectar unos seres de orejas puntiagudas que tenían más aspecto de duende, y tras otras criaturas de dientes irregulares e igual de amenazadoras, finalmente juntó las manos, las subió y las bajó hasta crear lo que parecía una mezcla fantástica que volaba por el cielo o quizá se abalanzaba sobre el mar.

Tras unos minutos admirando aquel zoológico, aunque hubiera deseado que le diera a cada ser un poco más tiempo de vida, empujó la vela mientras la luz perseguía a las sombras que perseguían al lobo y nos quedamos en silencio, oyendo la lluvia. Una primera vela casi se consumió y pronto quedaría sólo una más para alumbrarnos. Mientras chisporroteaba con un último aliento de azufre, Julián acercó mi cara a la suya y me besó, un beso tierno, más fraternal que erótico, después de todo a él le gustaba Carlota la Travesti y a mí me gustaba Tomás, y durante varios minutos nos besamos en la oscuridad casi total, salvo por una tímida vela, sin que se tocaran nada más que nuestras bocas. Cuando bajó la lluvia Julián me acompañó abajo iluminando el camino y yo me dirigí a mi casa por las calles oscuras y húmedas, el frío y el hambre insignificantes en comparación con la visita que acababa de hacer. Casi todo a mi alrededor, desde el pavimento deshabitado hasta las tiendas y postes adormecidos, parecía un juego de sombras, una ilusión, y de nuevo me sentí elevada por nuevas y salvajes ideas. Cuando llegué a la casa mis padres me esperaban malencarados —no había dejado dicho dónde estaba— y yo ya estaba segura de que iría a Oaxaca.

Un domingo como puerta cerrada. Lunes como puerta abierta a la fuerza.

Llegó la mañana de nuestro viaje, la hora de dar otra dimensión al dibujo. Me sentí aliviada por el fin de la cuenta regresiva. De ahora en adelante iríamos de cero hacia arriba. Todavía estaba oscuro cuando me desperté por el ruido del periódico cayendo al piso por encima de la reja con un golpe sobre el suelo mojado, acompañado por el motor de la motocicleta del repartidor. Una vez vestida, me detuve en la puerta de mi habitación para echar una última mirada alrededor, pero nada me detenía, ni la puerta, ni ningún objeto, ni ningún ángulo. La noche anterior empaqué mi mochila: un sombrero para el sol, labial rojo, dos camisetas, un vestido y una falda, el traje de baño negro, un bikini negro, un par de sandalias, una muestra de perfume Obsession, la edición rústica de *Les Chants de Maldoror* de Lautréamont que me había prestado el señor Berg, mi walkman y, tras mucha deliberación, una selección de casetes (*Speak and Spell* de Depeche Mode, *Unknown Pleasures* de Joy Division, *Tinderbox* de Siouxsie and the Banshees, *The Queen is Dead* de The Smiths, *Three Imaginary Boys* de The Cure y

Tender Prey de Nick Cave and the Bad Seeds), un monedero con dinero, mil doscientos pesos en total, financiados por un puñado de amigos que habían hecho donativos de veinte hasta de doscientos pesos. Satisfacción: mi mochila de fugitiva cabía en la mochila de niña obediente, con lo cual no despertaría sospechas al salir de la escuela.

Vi a mi madre brevemente cuando nos cruzamos en la cocina. Estaba ocupada con un recibo que encontró en la encimera y su única preocupación, además de los números —ni siquiera se dio cuenta de que casi no desayuné nada— era decidir entre tomar té o café. Todas las mañanas había una crisis similar, con el ratón de la indecisión corriendo entre una opción y otra. Pero, tras unos segundos, siempre elegía el café. No obstante, esa mañana parecía incapaz de decidir y puso la tetera sobre la estufa antes de encender la cafetera. La indecisión la acompañaba en casi todas las tareas, era un hábito, si podemos decirle así, adquirido haciendo traducciones; se sentaba horas frente al escritorio o la tapa del piano atrapada entre palabras, sucumbiendo ante el campo de fuerza de unas y otras, y cuando la veía inmovilizada así no podía evitar pensar que en vez de traductora debió haber sido equilibrista, ésa era la profesión ideal para los indecisos porque en la cuerda floja sólo hay un camino, hacia adelante o hacia atrás, y la distancia está determinada antes de empezar a caminar; no se puede ir a la izquierda o a la derecha ni tomar una diagonal repentina, el trayecto es de A a B o de B a A, y lo único que se puede controlar es la velocidad. Aquella mañana yo no tenía tiempo para la indecisión y siempre existe el riesgo de que se contagie, de modo que me alivió ver que apagaba la estufa y se concentraba en la cafetera. Bostezando al tiempo que apretaba el cinturón de la bata de casa me preguntó medio dormida que qué quería comer esa tarde. Desvié la mirada con culpa y farfullé el nombre de mi sopa favorita.

Las máquinas de la construcción seguían dormidas, pero en la plaza el organillero estaba sentado en la fuente, puliendo su instrumento. El sol pintaba las copas de los árboles y las esquinas superiores de las ventanas. El viento aleteaba entre las páginas de una revista abandonada. Pasé de prisa frente a un conjunto de tiendas que vendían audífonos para la sordera e imaginé que los aparatos en el interior amplificaban el ruido de mis pasos y, una vez en el camión, escogí un asiento junto a la ventana y puse la mochila a mi lado para que nadie se sentara. Aquella mañana los suecos pusieron Yazoo. Traté de concentrarme en la robusta voz de la vocalista que dialogaba con el teclado, cuyas tonadas alternaban entre felices y desoladas, igual que mis nervios, pero cuando el camión cruzó la tercera sección del bosque de Chapultepec la música se detuvo. Alguien maldijo, primero en sueco y luego en inglés. Se les acabó la pila.

Según podía recordar, la última vez que hubo silencio en el camión, un réquiem sin notas, o música o ascensión, fue la mañana del terremoto. Mientras cruzábamos la ciudad en medio del colapso apocalíptico con el chofer frenando de vez en cuando tratando de decidir si completar el viaje o regresarnos a casa; los suecos, una vez que se dieron cuenta del horror, apagaron la música. Cuando llegamos a la reja de la escuela un policía nos dijo que regresáramos, se habían suspendido las clases hasta nuevo aviso, y el chofer nos regresó uno por uno a casa.

Aquel jueves después de clases en lugar del camión de la escuela, tomé un Ruta 100 y fui al encuentro de Tomás en la TAPO, una de las centrales de autobuses de la ciudad, cada una en correspondencia con un punto cardinal. Ésta era la del oriente. A algunos, la terminal puede haberles parecido un caleidoscopio de paisajes cambiantes, rayos de luz que cambiaban de color y patrón con cada rotación, pero para los ojos menos extranjeros como los nuestros se trataba de un caldero de mal humor y coyotes en ciernes, el vestíbulo lleno de turistas asombrados, taxis pirata y vendedores callejeros peleando por un lugar. Por todos los rincones las diferentes líneas de autobuses —Estrella Blanca, Cristóbal Colón y Oaxaca Pacífico— competían por pasajeros. Cuando regresamos de la taquería de enfrente ya eran casi las cinco, al menos según el reloj que observaba la terminal con ojo escéptico, pero el calor de la calle atrapado en el limbo de las partidas inminentes daba otra hora, y nos sentamos sobre las mochilas, inquietos y de malas, conforme más y más vendedores ambulantes pasaban frente a nosotros equilibrando charolas con comida sobre los hombros y arrastrando costales de chácharas que habrían de acomodar sobre una sábana de poliéster en el piso.

Llegado el momento, Tomás, que tenía los boletos, me hizo señas para indicar que era hora de abordar. Dentro de la terminal esperaba nuestro autobús Oaxaca Pacífico, estremeciéndose mientras calentaba las articulaciones para el largo viaje que tenía por delante. Decenas de ojos nos miraron cuando avanzamos por el pasillo; nuestros compañeros de viaje eran principalmente hombres de campo, algunos con sus esposas y los portaequipajes estaban retacados de bultos desparramados. Los asientos asignados estaban en la parte trasera, junto a dos hombres mayores que observaron muy serios mientras Tomás colocaba nuestro equipaje en la parte superior. Era un autobús viejo, probablemente de los años setenta, con asientos tapizados de tela deslavada con cuadritos grises y rosas y mapas completos rayados en las ventanas. Pedí sentarme junto a la ventana; Tomás ya conocía el camino pero yo sólo había ido a Oaxaca en avión, con mis padres. Ya sentados, me recosté en el asiento y tomé la mano fresca de Tomás mientras el conductor atravesaba la ciudad, recorría las afueras y tomaba el primer trecho de carretera, que fue cuando finalmente me relajé.

El anochecer fue difuminando los rasgos del paisaje, el contorno de los anuncios espectaculares y las espectrales agujas que eran los postes de teléfono que se espaciaban cada vez más conforme nos alejábamos de la ciudad. Tomás y yo encendimos nuestros walkmans, The Specials para él y Nick Cave para mí, mientras el motor ronroneaba debajo de mi asiento. Durante algunas horas dichosas sentí que avanzaba en un universo en el que el espacio y la materia estaban organizados perfectamente. Después de Nick Cave puse Joy Division. A pesar de que *Unknown Pleasures* me gustaba mucho, deseé haber traído el otro disco, *Closer*. En *Unknown Pleasures* venía "New Dawn Fades" y "She's Lost Control", pero en *Closer* venía "Decades", "Isolation", "Passover" y "A Means to an End". En otras palabras, ese disco tenía más canciones que significaban algo para mí. Un pequeñísimo predicamento desesperanzador, traté de convencerme, no estaría de viaje por siempre y ya en la playa no habría necesidad de poner música. Pero seguía pensando en las canciones que no tenía a la mano, en lugar de en las que sí había traído conmigo.

Acabábamos de pasar una curva peligrosa cuando mi walkman se quedó sin batería. Para ese entonces ya estaba oyendo Depeche Mode. Sin aviso alguno, la voz y los sintetizadores comenzaron a arrastrarse como si estuvieran atascados entre resmas de cinta magnética, incapaces de avanzar. Sacudí el estéreo miniatura, saqué las pilas y las acomodé en otro orden. Sin éxito. Miré a Tomás. Hasta donde alcanzaba a discernir, él no enfrentaba el mismo problema. Le hice una señal para que se quitara los audífonos. Se acabaron las pilas, le dije. Se acabó la música. ¿Cuántas horas faltan? Varias, respondió, *pero no te preocupes*, y sacó una píldora blanca del bolsillo… algún tipo de -zepam que compró en la farmacia, Diazepam o Lorazepam o Clonazepam, tan fáciles de adquirir como una aspirina, y sugirió que empezara con media. Me la tomé con un trago de Sidral tibio y esperé a que se disolviera en mi sistema circulatorio.

Gradualmente el recargabrazos, la ventana, las imágenes a mi alrededor perdieron nitidez y recordé un libro que alguien llevó alguna vez a la escuela que tenía fotografías de telarañas hechas por arañas a las que se les había administrado algún tipo de droga (el momento de mayor actividad tejedora fue alrededor de las cuatro de la mañana). Los científicos habían removido delicadamente a las arañas de las redes, mismas que pintaron con pintura blanca en aerosol para luego fotografiarlas contra un fondo negro que resultaron en imágenes como los negativos que revelan el cuarto oscuro, la industria, de la noche. Intenté recordar algunos de los patrones del tejido. La cafeína era el mayor disruptor bajo cuya influencia se producían espaciados irregulares y grandes zonas vacías entre los radios. El LSD inspiraba telarañas cuyos hilos irradiaban hacia afuera, como los rayos del sol. En ese momento no pude recordar el patrón generado por el Diazepam, o cualquiera que fuera el sedante que administraron a las arañas mezclado con agua azucarada, sólo que los niveles de actividad de las arañas se habían visto considerablemente reducidos. Pero qué maravillosa la idea de ir por la vida con seda como moneda de cambio y con el movimiento de la periferia hacia el centro.

Con esto en mente me hundí más en el asiento conforme el autobús se adentraba en el paisaje, un paisaje que contenía lo que parecían cantidades iguales de promesa y peligro, y esa idea me mantuvo despierta a pesar del maravilloso estado de somnolencia, y en ese estado seguí observando por la ventanilla los irregulares contornos de los cactus en las montañas, verticales asertivas en un plano inerte y, de vez en cuando, la triste imagen de algún perro atropellado, el cadáver iluminado durante algunos segundos por los faros del camión.

Tomás ya estaba profundamente dormido cuando el autobús pasó por los frágiles contornos de los barrancos, más arriba de las cimas de los árboles antiguos, con caídas que nos harían reventar el corazón a sólo unos metros de distancia de donde estábamos sentados. Lo tomé de la mano pero estaba tan flácida que mejor le quité el walkman. Todavía tenía pila y oí a los Specials hasta que se les terminó la energía. Y cuando no tuve eso para distraerme, metí la mano a su bolsillo —no reaccionó— y saqué la otra mitad de la pastilla. Nos faltaban horas y no quería ser la única persona despierta; todos los demás estaban dormidos, menos el conductor. Podía verle la nuca y, si me esforzaba, alcanzaba a ver la mitad de la cara que se reflejaba en el espejo retrovisor, aunque poco después apagó la luz y nos sumió en una especie de vacío en el que los únicos sonidos eran el pulso constante del motor y una cumbia que sonaba en el radio.

El paisaje parecía comprimido. Lo que antes estaba separado ahora parecía estar incómodamente cerca, *nubescaminosmontañas*, y había logrado un estado de tranquilidad casi absoluta cuando, de pronto, el autobús se detuvo. Luces encendidas. La voz del chofer en el pasillo. Inspección de drogas: las mujeres fuera del camión. Junto a otras ocho pasajeras avancé temblorosa hacia la noche, expuesta a los espíritus y a los ladrones de carretera que se sabía habitaban las cuevas del camino, pero la pastilla me mantuvo en calma. Traté de pararme derecha mientras me asomaba por las ventanillas del autobús. Había cuatro policías con linternas alumbrando las caras de los pasajeros hombres, incluida la cara como luna pálida de Tomás, y cateándolos, operación que, por fortuna, no duró mucho porque no encontraron nada, y diez minutos después se bajaron y se fueron en ruidosas motocicletas para permitir que el autobús retomara su camino hacia la costa.

Llegamos a Zipolite en medio de la noche y uno por uno los pasajeros bajaron del camión y se dispersaron. Me colgué del brazo de Tomás cuando la arena cedió bajo nuestros pies, el aire salado exudaba una bienvenida al tiempo que el océano rugía territorialmente cerca de nosotros y caminamos a lo que podía ser la derecha o la izquierda o derecho hasta que apareció la tenue figura de una mujer, y de esa figura salió una voz que nos ofrecía una palapa al aire libre por cincuenta pesos la noche o un búngalo con paredes por ochenta. Encendió una linterna para mostrarnos una imagen de la primera opción: una palapa de palma sostenida por cuatro postes, con dos hamacas lado a lado. La tomamos, dijimos al unísono. Exhaustos por el viaje a pesar de haber dormido en el camión, nos dejamos la ropa pero pusimos los zapatos en la arena. Cuando la luz de la lámpara colgada del techo llegó al final del pabilo, Tomás ya estaba dormido y yo también pude entregarme al sueño, a pesar de un aleteo, seguido de un abrupto silencio, como si un enorme insecto hubiera aterrizado en los hilos de mi hamaca.

Desde que tengo memoria —que es en algún momento de mi infancia cuando empecé a distinguir un paisaje de otro— las playas tuvieron un efecto desasosegante en mí. No me gustaba particularmente el sol, ni el calor, ni era muy dada a largos periodos de reposo. Otras orillas no me molestaban. Sólo la playa. Y, aún así, ahí estaba yo. No tuve ganas de hablar mientras bajábamos de las hamacas hacia la arena caliente aquella primera mañana en que los conjuntos de palmeras se mecían como troles agachados contra el viento. Detrás de nosotros estaban las colinas y los sembradíos de maíz y al frente las olas del Pacífico, rodando y elevándose y rompiendo. Resistiendo la urgencia de salir a explorar, decidimos desayunar primero, después de todo no habíamos comido casi nada desde que salimos de la ciudad, y tras ponerme el sombrero y los lentes de sol seguí a Tomás por la orilla hasta su fonda favorita, El Cósmico; aquel nombre escrito con enormes letras rosas sobre una tabla de madera astillada contrastaba con las humildes dimensiones del lugar: tres mesas inclinadas con las patas medio enterradas en la arena y seis sillas al servicio de ellas.

Una joven con un vestido rojo sin tirantes nos recitó los platillos del día: pescado en salsa de mango, pescado en mole poblano, pescado empanizado con quién sabe qué. Le pregunté si había algún platillo sin pescado. Me miró con curiosidad y fue por su madre, una versión más gastada de la misma persona con un vestido rojo idéntico. La señora se ofreció a hacerme tacos de calabacita por diez pesos más. Sí, por favor, respondí de prisa. Necesitamos cuidar el dinero, murmuró Tomás cuando la mujer se alejó. Le recordé que era vegetariana, algo que él ya sabía, pero aun así subió los ojos hacia el techo en ese gesto tan molesto de los carnívoros. Pensé que el pescado no contaba, agregó, lo que me hizo sentir mal, pero aun así respondí, nada que haya estado vivo, que fue el pacto que hice con el reino animal el día que cumplí catorce años. Vas a dejar de crecer, protestaron mis padres, pero una vez que oí la canción "Meat is Murder" y tomé la decisión supe que no daría marcha atrás. ¿Cómo justificar la extinción de una vida por el placer momentáneo de una comida, una comida olvidada en cuanto llegaba el siguiente platillo? Había pocas cosas que defendía con tanta firmeza, aunque la mayor parte del tiempo me guardaba mis opiniones, pero aquella primera mañana sentada frente a Tomás en la mesa azul y el océano llamándonos a sólo unos metros, contuve mi molestia.

Estaba sentada frente a Tomás bajo el insistente sol que no nos permitía olvidar su presencia. Él había cambiado su ropa negra y entallada por lino blanco y holgado y había algo nebuloso en su apariencia, algo difuso e indefinido que no le iba bien. Pero era TR, me dije, TR. La misma persona con la que fui a las luchas y al cine y a la casa abandonada. Pero incluso su expresión había cambiado, ya no era ni juguetona ni inconforme, como me lo había parecido al principio. Quizá todo iba a ser más claro al nivel del mar, libres del mareo creado por la altitud de la ciudad. Sí, ahora que lo pensaba, quizá en la ciudad hacíamos las cosas en un estado de semiatolondramiento porque, seguramente, vivir a dos mil doscientos cincuenta metros sobre el nivel del mar impedía el buen juicio, como si fuera una cepa del mal de alturas.

Aquí, en el punto cero, era posible que la imagen se hiciera más nítida, como ocurrió cuando mencioné de paso que había sido amable de su parte darle una moneda al organillero aquella mañana. Lo había visto, le dije, de camino a la escuela, ante lo que Tomás se encogió de hombros y respondió que no había sido más que una moneda de un viejo peso de las que ya no estaban en circulación, que la llevaba en el bolsillo y había querido deshacerse de ella. El organillero probablemente no se había dado cuenta, al menos no inmediatamente, era viejo y tenía los ojos cubiertos por cataratas, aunque quizá había intentado usarla para pagar su almuerzo aquel mismo día y la persona de la tienda se la habría regresado... Sentí pena ajena cuando oí sus palabras, medio deseando no haberlas oído nunca, pero era demasiado tarde y, en un esfuerzo por controlar el enojo que silenciosamente crecía en mí, me quité las sandalias y enterré los pies en la arena sintiéndome casi tan engañada como aquel viejo.

La joven del vestido rojo regresó con la comida, acompañada de tres salsas y dos botellas de cerveza. Yo no estaba segura de que fueran parte de nuestra comanda, pero a esas alturas eran bienvenidas. Poco después apareció la madre para preguntar si necesitábamos algo más. No, respondimos, pero se quedó ahí, de pie, ansiosa por entrar en nuestra conversación. Se notaba que estaba acostumbrada a platicar con los clientes, que lo daba por hecho. Recargada en el respaldo de mi silla la mujer nos preguntó si éramos de la Ciudad de México. ¿Saben nadar bien? Sí, dijo Tomás. Yo no respondí. ¿Ya habían estado en la playa? Muchas veces, dijo con cierto tono de impaciencia. ¿Qué nos parecía lo que estaba pasando en el país, la elección presidencial y el recuento y las máquinas y todo lo demás? Cuando dijo la frase más larga noté el prominente diente de oro que tenía, el segundo a la izquierda, que era más grande que el resto de sus dientes. Tomás farfulló algunas palabras sobre la corrupción, que estaba en todos lados y que qué se podía esperar, y estiró la mano para alcanzar la cerveza.

Una vez hechas las preguntas la mujer nos ofreció algunas leyendas locales. Tras contarnos de los famosos que habían visitado Zipolite, principalmente los Rolling Stones, aunque no se acordaba si los cuatro o posiblemente sólo dos o quizá sólo el vocalista, mencionó un incidente reciente del que la gente seguía hablando y que había ocurrido justo ahí en la playa, frente al Cósmico, ahí mismo en Zipolite. Cuatro niñas zapotecas de un pueblo vecino habían decidido meterse al agua a pesar de no saber nadar; no obstante su modestia habitual, se habían quitado la ropa y corrieron hacia las olas riendo y gritando en un idioma ininteligible para cualquier turista, se quitaron las pulseras y los aretes y los dejaron sobre la arena junto a las chácharas que vendían, algo peculiar según todos, porque nadie se dio cuenta hasta que los cuerpos aparecieron en la orilla, uno por uno, y hasta entonces cundió el pánico y alguien corrió a buscar al salvavidas, pero para cuando llegó parecía que el mar se había metido por todos lados.

¿Qué les parece?, preguntó la mujer. Bajé el tenedor y sacudí la cabeza, dudando qué contestar. Tomás agarró un mondadientes y lo mordió, la cara se le retorcía con cada mordida, como si estuviera preocupado de que la historia aquella le arruinara la comida. Y bueno, ¿qué les parece?, preguntó la señora una segunda vez. Terrible, dije apenas. La hija la llamó desde una mesa cercana. Llegaron más comensales. Cuando se fue, llevándose con ella la anécdota, Tomás me explicó que la fonda se llamaba El Cósmico porque Zipolite era el centro del cosmos o, más bien, uno de sus centros, tenía mejores vibras que ninguna otra playa en la que hubiera estado y eso era porque podías lanzar el equipaje al mar y éste te regresaría ese conocimiento del cosmos en su lugar. ¿Cómo puede haber más de un centro?, tuve deseos de preguntar y, ¿qué no se supone que el cosmos es piadoso? ¿Por qué se ahogaron las niñas? Pero él hablaba en voz tan alta y con tanta emoción que no tuve fuerzas para levantar la voz e interrumpirlo. Si había una cosa que me generaba aversión, pensé mientras Tomás masticaba el pescado y seguía hablando con la boca llena, era ese uso de la palabra cosmos: en mi mente, el cosmos tenía que ver con los cosmonautas soviéticos más que con la filosofía costeña. Zipolite era de cualquier mapa metafísico, continuó Tomás. Bueno, pero ¿quién hizo esos mapas?, quise preguntar, pero lo dejé hablar. Cualquier mapa metafísico incluiría esta playa, reformuló, éste en el que estamos sentados es un pedazo importante del universo. Comenzó a enlistar los motivos de ello, empezando por cierto movimiento del océano y la recepción de la arena, sin dejar de mencionar que Zipolite era una de las pocas playas nudistas en México, cosa que me informó porque yo no lo había visto hasta ahora, aunque la desnudez era optativa. Mientras hablaba yo lo observaba a través de mis lentes oscuros, la camisa blanca se mecía al viento, y me pregunté de nuevo si ésta era la misma persona de las calles de la colonia Roma. Media hora después apareció la joven del vestido rojo con un papelito en el que se leía ochenta y seis pesos, llegando así al final de nuestra primera visita cósmica.

Una barra de arena, un conjunto de árboles, una banda de cielo: la playa parecía una composición naíf con todos los elementos de cajón desplegados y listos para que llegara una tijera a crear un espacio vacío, una frontera donde no la había, para separar el agua del cielo. No obstante, había algunos objetos que interrumpían el horizonte, como una choza azul sobre ruedas que parecía cambiar de lugar según la marea. Primitiva y compacta, se colocaba sobre las rocas en discordancia con la atmósfera de la playa, el tipo de cosa que uno esperaría ver en las profundidades del bosque más que en la costa. Por momentos no hice más que observar la choza esperando que hablara.

Era el día dos, o quizá el tres, y el ligero viento que mordisqueaba la orilla se redujo a una suave brisa. La mayoría de la gente chapoteaba en el agua o estaba tirada sobre la arena como extraños cangrejos. Incluso desde niña me daba cuenta de lo tontos que se veían todos los bañistas, flotando bocarriba o perdiendo el estilo mientras intentaban avanzar entre la arena, por no hablar de los adultos que se quedaban dormidos como tlacuaches y despertaban ardidos en diversos tonos de rojo.

De vez en cuando me daba cuenta de que Tomás me observaba en silencio.

¿En qué piensas?

En nada, respondía, y se volteaba.

Y, momentos después:

Y ¿qué es exactamente lo que vamos a hacer cuando encontremos a esos enanos tuyos?

No son míos.

¿Qué vamos a hacer cuando los encontremos?

Primero hay que encontrarlos y luego vemos.

Fue después de uno de esos intercambios que me señaló un conjunto de palmeras y dijo: ¿carreritas hasta allá? Durante un instante me pregunté por qué habría sugerido algo así. Quizá para aliviar los silencios o porque se sentía ansioso. A pesar de mis cigarros de fin de semana era una de las corredoras más rápidas de la escuela, más rápida incluso que los varones, y sentí que le ganaría. Pero estaba muy cómoda en mi lugar y no tenía ganas de moverme. No obstante me oí a mí misma decirle que sí. Tan pronto como esa palabra salió de mi boca, Tomás echó a correr a toda velocidad y yo detrás de él. Lo vi con el rabillo del ojo, primero estaba delante de mí, luego a un costado y luego atrás. Sentí un momento de euforia pero pronto me di cuenta de que estaba corriendo sola. Bajé la velocidad para ver cuánta ventaja le llevaba y vi, con absoluta sorpresa, que Tomás corría en dirección opuesta. Por completo, diametralmente opuesta. Me detuve mientras él se iba haciendo más y más pequeño, casi imposible de distinguir de los otros puntitos a su alrededor. Por un instante me dio un brinco el corazón, pero pronto volvió a su lugar y miré alrededor para ver si alguien se había dado cuenta de lo que acababa de pasar: un chavo que se alejaba corriendo de una chava, convertido en una mancha blanca.

Regresé sobre mis pasos hasta el lugar en el que empezamos la carrera y traté de entender lo que acababa de pasar. Tomás propuso el juego y luego lo usó para correr en dirección contraria. ¿Sería que él también había visto las rasgaduras en el cuadro que éramos? O quizá estaba previniéndome, apurándome a ser la que rompiera, palabras asfixiadas como una hoguera emergente, palabras como *creo que lo mejor será que…* guillotinadas por el orgullo. Teoría tres: había visto a alguien nuevo, o se había dado cuenta de que se le había olvidado algo y corrió hacia esa cosa o esa persona. No, casi seguramente se trataba de las teorías uno o dos.

Repasé algunos momentos vividos en la ciudad con todo y los detalles. Por ejemplo, el hecho de que sencillamente había seguido su camino el día de lo de los extranjeros y el perro anciano —sin duda un individuo más galante habría sentido el impulso de detenerse a ayudar—. Y la mirada macabra en el departamento de los Burroughs. Y la desconexión en las luchas y en el cine, cuando salía mal librada tras la comparación con los luchadores y los muñecos asesinos. Sin mencionar la más reciente revelación de la moneda del organillero.

Incapaz de encontrar una respuesta definitiva elegí cambiar la confusión por el hambre, que era más fácil de solucionar y pregunté en dos fondas. En ambas no había nada más que quesadillas y ya no podía volver a comer otro trozo de queso en tortilla. Cerca de un cúmulo de rocas me encontré con un vendedor de fruta que llevaba un delantal verde que le llegaba a las rodillas. Tenía un puesto pequeño y estaba ocupado partiendo la fruta con un machete, primero el melón, luego los cocos y el sonido como de cráneos partiéndose que reverberaba en las piedras, al menos eso me pareció, y me quedé viendo embrujada mientras partía cada esfera en dos y luego en cuatro y luego en ocho y así sucesivamente, y pude haber seguido ahí de pie infinitamente viendo cómo la fruta se transformaba en unidades más pequeñas, esferas perfectas convertidas en cuadrados irregulares, hasta que vi a cuatro hombres que se acercaban como una tropa de macacos viendo la fruta a la distancia. Rápidamente me acerqué y pedí un vaso con coco, otro con melón y un tercero con mango con limón y chile.

Cuando volviera a verlo me mantendría en calma, como si todo estuviera bien. Haría como si no estuviera agraviada en absoluto, como si él no hubiera corrido en dirección contraria a mí. Podía incluso culpar a una fuerza mayor, hacer como si él hubiera actuado bajo las órdenes de alguien de más alto rango que controlaba sus movimientos, en cuyo caso debía pasarlo por alto completamente y hablar con el cirquero y no con el payaso, pero no, él era responsable de sus actos y yo, para el caso, de los míos. Y ahora que lo pensaba, Tomás simplemente había acelerado el proceso que ya estaba en acción. Quizá había empezado en el autobús. Quizá me había concentrado demasiado en las canciones de Joy Division y la falta de pilas en lugar del asunto verdadero. Me parecía imposible que aquellas cuatro sílabas, Tomás Román, me hubieran parecido un conjuro con la fuerza de hechizar la escuela y la ciudad, que las iniciales TR hubieran evocado la promesa de algo, dos consonantes en espera de un hecho. Me terminé la fruta viendo a los bañistas en el agua, la curiosa forma en que les desaparecían las piernas entre las olas hasta convertirse en puro torso, torsos flotando en la superficie del mar.

Los bañistas salían del agua y los cuerpos recuperaban su completitud cuando Tomás reapareció a mi lado, escurriendo, el traje de baño amenazando con soltarse de las estrechas caderas. Levantó un brazo para proteger los ojos de la rojiza luz del atardecer, o quizá anticipando enojo o reproches. Tan tranquila como pude, bromeé sobre su oxidada brújula interior que no distinguía el norte del sur y que lo había mandado a velocidad de rayo en la dirección equivocada. Se rio nervioso y dijo: No, no, no, sin explicar más, luego concentró la mirada en la distancia. De modo que yo también miré en esa dirección, al tiempo que algo se derrumbaba en mi interior.

Allá en Oaxaca el anochecer no lo anunciaba el tamalero, ni el cielo azul cobalto cediendo ante el color naranja lava, sino el hombre del coral que aparecía en cuanto empezaba a ocultarse el sol. Era flaco y desnutrido como si lo hubieran arrancado del mar, como a sus productos, perdiendo color y signos vitales entre más tiempo pasaba fuera del agua. Vendía collares de coral negro a sesenta pesos la pieza y una variedad de pedazos de coral pulido. Más de una vez Tomás y yo revisamos la mercancía y dijimos no gracias, sin sentirnos atraídos por los objetos desplegados frente a nosotros. Ninguno de los dos sentía atracción por lo que tenía en frente y, tras ese día, cada uno estuvo por su lado.

La noche no cae, se levanta, y el crepúsculo en Zipolite lo marcaba un aumento en la actividad. Algunos buscaban el bar, otros la fogata. A Tomás le gustaba la fogata por su suave tenor y la guitarra ambulante. Por ese y otros motivos yo gravité hacia el bar. Tras tantas horas en la playa me dio gusto cambiar de ubicación sin mencionar que, además de la presencia de Tomás, las llamas me recordaban a los hombres temerarios en los semáforos de la ciudad. Aquellos hombres tragaban gasolina, echaban la cabeza hacia atrás y rugían llamas temblorosas antes de acercarse dando tumbos a las ventanillas de los coches con la mano estirada para recibir monedas. Cada vez que veía una fogata los recordaba, incluso en compañía de europeos amigables como aquel español de Valencia quien, cuando le hablé de los enanos, me contó que sus hermanos eran payasos y encabezaban el show de Polilla y Alcanfor. En la ciudad, aun en los semáforos, mis pensamientos se quedaban en verde y era sólo frente al fuego, en un estado contemplativo, que pensaba en aquellos hombres silenciosos cuyo único idioma eran las llamas que subían como burbujas de diálogo.

Cuando refrescaba y el sol arrojaba patrones de destellos sobre el agua me dirigía al bar. Me ponía mi vestido corto o la falda y caminaba por la playa, pasaba frente al brillo bohemio de las fogatas y me dirigía a las luces y la música. Y fue en el bar una noche, a un tercio de terminarme la segunda bebida y debatiéndome sobre qué hacer a continuación, que conocí al Tritón. No tardé en detectarlo en un rincón con un campo de fuerza de silencio a su alrededor. Las angulosas facciones eslavas daban una nueva geometría a la escena, por no hablar de los ojos rasgados, casi reptilianos que bebían el entorno pero no entregaban nada a cambio. También su ropa parecía de otro lugar: pantalones apretados de poliéster negro y delgado, de cintura alta; una camiseta de tirantes blanca de cuello redondo y, lo más extraño, un suéter verde de botones, abierto —la temperatura había bajado un poco, pero no ameritaba un suéter—, y unas sandalias azules con una sola tira ancha de plástico.

Ya lo había visto antes aquella mañana y fui testigo de algo suficientemente íntimo como para pensar que ya lo conocía cuando lo vi en el bar, aunque claramente él no me había visto a mí absorto como estaba en sus pensamientos, alejado del ambiente general de la playa, y no pude hacer más que insertarme en su campo de visión. Tras acercarme torpemente y derramar unas gotas de mi bebida sobre la mesa me senté, me presenté y le pregunté su nombre, a lo que sólo sonrió sin ofrecer respuesta, aferrado a la botella de cerveza y respirando con calma, uniformemente, a un ritmo distinto del entorno. Cada vez que bebía se limpiaba la boca con el reverso de la mano y emitía un sonido gutural, y cada vez que lo hacía yo sentía aumentar el deseo, y tras dos o tres minutos, quizá menos, supe que había encontrado a la persona con la que quería estar o, al menos, a la persona a la que le contaría mi historia, ahí, en Zipolite.

Aquella tarde, lo primero que me atrajo fue su traje de baño —cintura alta, a medio muslo, verde con una raya azul en los costados— que destacaba entre todos los demás. Me di cuenta de que aquel hombre tenía una cara extranjera y atractiva, o eso parecía a pesar de los lentes oscuros, al menos así, de lejos. Era significativamente mayor que yo, de unos treinta y tantos años o incluso quizá cuarenta y pocos, tenía el pelo castaño claro, largo al frente y rapado por detrás, y una pequeña pancita. No obstante, lo que me gustó aún más que su agradable apariencia fue que estaba construyendo un castillo de arena. Sin llamar mucho la atención me senté a metro y medio de distancia, cerca de otras personas acostadas en toallas, y desde atrás de mis lentes de sol me dediqué a observar las diversas etapas de la construcción.

Armado con un cuchillo, una cubeta y una pala, el hombre parecía no notar a nadie más en la playa, como un niño en un arenero concentrado en los parámetros de su reino mientras cavaba, tendiendo los cimientos y apilando a mano y a gran altura los molotes de arena mojada. No puede evitar sentir que por sólo mirarlo estaba irrumpiendo en algún miedo o fantasía infantil en el diseño, como si se pudiera leer el pasado y el futuro de una persona, sus hogares reales e imaginarios, por la manera en que construye un castillo de arena.

A pesar de estas ideas, o justo por ellas, me resultó imposible dejar de verlo. Tras los cimientos aplanó las superficies con el cuchillo, luego aplastó y dio forma, talló y aplanó un poco más, humedeciendo la arena en intervalos. Con largas y delicadas manos construyó una torre y un arco, manteniendo el cuchillo en el mismo ángulo al cortar, sin parar, trabajando de arriba hacia abajo. Y luego, otra rampa en espiral a la que agregó escalones alrededor de la torre, y varias puertas y ventanas con cornisas. Luego hizo las columnas que creaban sombras maravillosas y, al final, el techo con conos invertidos como en los cuentos de hadas. Y entre más trabajaba aquel hombre en su castillo, entre más sofisticada la arquitectura, más evidente era la presencia de las olas, filas de hombres musculosos con los brazos entrelazados acercándose con cada una, como si quisieran tomar el castillo.

De vez en vez el hombre se alejaba del castillo, imagino que para tener una mejor vista panorámica del trabajo en curso, y sólo en esos momentos mis ojos dejaban el castillo para concentrarse en él, alto, dibujando una sombra, y así podía ver al mismo tiempo el hermoso perfil del hombre y el hermoso perfil del castillo contra el horizonte, que se oscurecía mientras la gente migraba de la playa al bar o a los hoteles. Poco después la estructura estuvo terminada, justo a tiempo para que la puesta de sol le prestara un brillo sobrenatural, y el hombre se sacudió la arena de las piernas y caminó alrededor de la creación. Casi podía leer desde lejos el orgullo que sentía al observar el castillo desde todos los ángulos, agachándose ocasionalmente para ajustar alguna última cosa y entonces, entonces... Nunca olvidaré el sonido del castillo colapsando, el zumbido y el grito cuando aquel elegante trabajo de ingeniería se destruyó en segundos, porque a sólo unos minutos de terminar la obra el hombre tropezó con la pala y cayó sobre el castillo, no en el centro sino de lado, suficiente para destruir los cimientos. Primero cayeron las torres, luego las murallas, el arco perfecto se desmoronó hasta volver a ser no más que granos de arena, y con aire de derrota el hombre pateó la cubeta, sin darse cuenta de que era observado, y se fue caminando lentamente, enterrando los talones en la arena; poco después llegó la marea a terminar el trabajo y no quedó rastro alguno ni del hombre ni del castillo.

El Tritón podía estar casado, aunque no llevaba anillo de matrimonio; podía ser un drogadicto, aunque tenía los dientes sanos y la piel tersa; podía ser carpintero, maquinista de tren o fisioterapeuta. Lo único que sabía, además de que construía castillos, era que era metódico y que podía estar sentado por horas sin moverse gran cosa, más que para levantar la botella de cerveza y llevársela a la boca para darle un trago y después secarse los labios con el reverso de la mano. Y que sus ojos eran capaces de transmitir gran profundidad y expresión mientras observaba y escuchaba con la cara seria, casi inmóvil pero con rastros de momentos más animados, como columpios oxidados en un parque. No obstante sonreía si yo sonreía, y hacía caras cuando me ponía solemne. Aunque no entendiera mis palabras, estaba segura de que estaba tan concentrado que podía leer mi tono y mis gestos y con eso bastaba; y cada vez que un átomo de duda se asomaba en mi mente no tenía más que pensar en su imagen construyendo el castillo. Sí, había ido a la playa, me había fugado con Tomás, pero era claro que nos habíamos distanciado, y ahora sospechaba que el Tritón haría que el viaje valiera la pena. Suele ocurrir que una persona te lleva a la otra, o al menos eso me dijo alguna vez una prima: nunca deseches a nadie porque puede ser el medio que te lleve a algo más importante que el original, y mientras el Tritón daba pequeños sorbos a la bebida, dejé que escaparan las palabras.

Hay dos tipos de románticos, según me explicó mi prima, los que siempre se enamoran y sencillamente necesitan a alguien en quien decantar todos sus pensamientos, sueños y proyectos, y los románticos que se quedan solos, esperando a la persona ideal, una persona que puede no existir. Todavía era demasiado pronto para saber de qué tipo sería yo.

La tercera noche dejé de adivinar de dónde era el Tritón o cuál era su lengua materna: no había indicador alguno de su nacionalidad. Intenté leer algunas pistas en los gestos, pero sólo alcancé a reducir las posibilidades a Europa, Europa del Este, probablemente, aunque no conocía a nadie de Europa del Este. Y no le pregunté cómo había conseguido viajar; según el maestro de historia la gente del otro lado de la cortina de hierro no podía viajar a Occidente, a menos que fueran gimnastas o ajedrecistas. Tampoco tenía idea de dónde se estaba quedando, si en una palapa o en un búngalo o en algún hotel cercano, porque sólo aparecía en la playa por las noches y se iba un par de horas después. No sabía cómo se llamaba, así que a falta de nombre le puse el Tritón: los tritones pueden ser de cualquier país, hablar cualquier idioma y parecer cualquier cosa, y había algo en él que sugería mitad tierra y mitad mar, como si perteneciera a ambos lugares pero no estuviera comprometido con ninguno.

Llegado cierto momento, el Tritón empujaba la botella vacía sobre la mesa, se levantaba de la silla, sonreía amable aunque distante, para dejar claro que aquél era un adiós y no una invitación a acompañarlo. Después de que partía, yo esperaba unos minutos y luego me iba por la playa y, tras tantos tragos, me desplomaba en la hamaca. El Tritón era generoso y siempre pagaba; en cuanto me terminaba una bebida, levantaba la mano para llamar al mesero, hacía un movimiento giratorio con la mano para pedir otra ronda, y cuando llegaba el momento de pedir la cuenta, volvía a levantar la mano y bajaba la mía si, de casualidad, yo tenía dinero entre los dedos, y de una bolsita diminuta colgada al cuello sacaba monedas y billetes muy doblados, los contaba en voz tan baja que yo no alcanzaba a detectar qué idioma hablaba, en todo caso la música del bar ahogaba los murmullos, a pesar de que siempre nos sentábamos lo más lejos posible de las bocinas.

Cuando el mesero traía las bebidas entregaba la botella de cerveza con un limón partido a la mitad, y cada vez el Tritón le decía a señas que no quería el limón, sólo la cerveza. No obstante, a la siguiente ronda el mesero volvía a aparecer con la bebida y las mitades de limón, pegadas por un pedacito de cáscara, y se lo llevaba, para traer ese mismo limón cuarenta y cinco minutos más tarde. Aunque el Tritón parecía un tipo paciente, de los que no se irritaba fácilmente, detecté que torcía la boca cuando el mesero llegaba con el limón. Yo trataba de pensar en algo que decir para distraerlo de aquella irritante repetición, y la única noche en que aquel ritual no se repitió (había otro mesero que no traía limones con las cervezas), el Tritón pareció extrañar algo.

Decidí hablarle de Tomás, para contarle cómo es que había llegado a la playa para empezar, aunque dije que se trataba principalmente de los enanos, los doce enanos ucranianos fugados de un circo soviético que estaba de gira por México. Había visto la noticia en el periódico, le expliqué, en el extremo inferior derecho de la página con un destello casi radiactivo, y esa historia lo había echado todo a andar. De hecho, tenía el recorte en la mochila, listo para salir en caso de que alguien no me creyera, además de que yo era bastante dada a perder cosas, y si algún día el recorte se perdía, ya lo habría inoculado en suficientes memorias. El papel empezaba a romperse por los dobleces, entre la descripción del camerino vacío y la especulación sobre Oaxaca, marcando el camino desde la página hasta las zonas agrestes de México. Lo observé mientras sus ojos distantes recorrían las palabras sin señales evidentes de comprensión o sorpresa; era posible que ese tipo de noticias no le resultara de interés, quizá en su país los enanos escapaban de los circos cada mes, y a quién le importaba si ocurría en México; distintas leyes para distintas geografías.

Mientras leía el recorte me acerqué hasta que mi cabeza casi tocó la suya, e inhalé la húmeda mezcla de salmuera y pino. Trataba de dilucidar cuál era el olor dominante, si el del paisaje marino o el de su loción; cuando me regresó el trozo de periódico, empujó la botella de cerveza, se puso de pie recordándome su no insignificante altura, y con un gesto de la mano anunció que se iba, para después marcharse arrastrando las sandalias de plástico azul. La primera noche la partida repentina me desconcertó, pero la segunda y la tercera ya no me preocupaba si volvería a verlo porque cada noche aparecía, instalado en la misma mesa al fondo del bar, apretando la botella de Sol o Negra Modelo. Y cuando se iba yo volvía a la hamaca y trataba de dormir, expuesta a los elementos, a los retazos de conversación de las sombras que pasaban cerca y con el zumbido y el arrullo de insectos gigantes.

Otro día: otro banco de arena, conjunto de árboles, franja de olas, franja de cielo. La playa seguía siendo una composición naíf, esperando que un par de tijeras llegara a molestarla. Podía verse la choza, por ejemplo, cada día en una posición distinta, un recorte modesto, azul pálido en comparación con los otros azules. En la noche parecía una caja de cartón olvidada por algún niño. Nunca vi a nadie salir de ahí, pero la señora del Cósmico me explicó que la salvavidas de Zipolite, una mujer robusta como de cincuenta y tantos años, vivía ahí dentro, y como la caja tenía ruedas la podía mover de lugar y seguir viendo el agua desde las ventanas.

Una tarde vi a un grupo de personas en la arena acostadas bocabajo no muy lejos de la choza. Temí que se tratara de víctimas de alguna calamidad náutica; algo en las posiciones no estaba bien, torcidas, con brazos y piernas en ángulos extraños como si las hubieran lanzado fuera de la choza como dados, o como si hubieran llegado arrastradas por las olas, olvidadas y a las órdenes del océano, una configuración desconcertante creada por un tiro aleatorio. Me debatía entre sonar la alarma o no cuando una pelota de playa golpeó a uno de los cuerpos inmóviles que, por el impacto, se puso de pie de un salto, enfundado en un bikini de puntos negros sobre blanco, levantó un puño y soltó a gritar algo en italiano dirigiéndose a algún lugar indeterminado del aire, ya que no aparecía el dueño de la pelota, seguramente intimidado por el accidente. Los gritos rebotaban en los cuerpos adormilados de sus acompañantes, dos niños, un hombre y una niña, que se levantaron también como muñecos sorpresa, y pronto todo el grupo estuvo despierto e incuestionablemente vivo.

En ocasiones, al cerrar los ojos veía a los enanos dando maromas entre las olas. No podía perderlos de vista, al menos en la mente. Quizá uno de ellos se había separado del grupo y estaba parado esperando entre los autobuses en el callejón de la terminal, todavía maquillado, con las cejas arqueadas y la boca exagerada; o caminaba por una vereda polvorienta apretando un cigarro y un ramo de flores entre las manos mientras le pasaban junto camiones diez veces más grandes que él; o estaba sentado en una fonda comiendo tacos mientras los choferes se reían de él desde una mesa cercana; o volvía a la vereda polvosa con las manos en los bolsillos y un perro callejero ladrándole a su sombra. Conforme la playa se llenaba y había más voces me surgía un escenario más feliz: el de los enanos en una plaza del pueblo bailando "Dios nunca muere", el vals favorito de mis padres. O quizá uno de felicidad más duradera: que tras días y días de viaje, los enanos llegaron a un caserío tierra adentro caminando entre los campos de maíz y lucían tan tristes y cansados que las mujeres locales corrieron a darles de comer. Durante la comida contaban, su historia, principalmente con gestos —hay que recordar que los únicos idiomas disponibles eran español, zapoteco, ruso y ucraniano—: una miseria a manos del gerente del circo, la huida, el viaje. Al terminar de comer, la gente del pueblo, también con gestos, les extendía una invitación: los enanos eran bienvenidos en su comunidad siempre y cuando contribuyeran como les fuera posible, ya fuera haciendo labores manuales o con entretenimiento, de preferencia ambas, y los enanos aceptaban y se quedaban a vivir para siempre en el caserío inserto en las profundidades de México.

Fue durante un momento así de contemplación cuando el ruido de un motor desgarró mis pensamientos y los patrones de sonido de la playa y el océano. Me quité la toalla de la cabeza en el momento en que dos lanchas, botes pequeños y humildes de motores ruidosos, pasaban a unos metros de la orilla. Cada una era navegada por un lanchero, acompañado de un puñado de pasajeros, algunos de los cuales se aferraban ansiosos a las orillas de la lancha. Algunos bañistas nadaron para quitarse del paso. Cuando las lanchas se marcharon su intrusiva presencia fue absorbida por el todo, y alcancé a ver a Tomás junto a una bandera amarilla, flotando arriba y abajo entre las olas. Parecía estar viendo en mi dirección. Le hice una seña y empezó a avanzar no sin cierta dificultad porque el agua estaba alborotada, seguramente más de lo normal por el reciente paso de las lanchas, pero un minuto después estuvo a mi lado, escurriendo y salado, la cara rojiza y la piel descarapelada por el sol. Regresa, gallarda imagen vestida de negro, regresa. Pero mis afectos ya habían gravitado hacia otro lugar así que no me importaba si esta persona de la ciudad era otra cuando estaba en la costa. Era la discrepancia lo que volvía a molestarme, más que la situación.

Al ver que no tenía, le ofrecí mi toalla.

Estaba pensando en ir al pueblo cercano, dijo secándose la cara. ¿Quieres venir?

Vamos. Me vendría bien un cambio de paisaje. Es más, daría cualquier cosa por cambiar de paisaje.

Pero así son las vacaciones en la playa, ¿no? Se trata de la tranquila monotonía más que de la variación, cada día en la playa debe ser igual al anterior, eso es lo que lo hace relajante, es la monotonía lo que ayuda a descansar.

Me encogí de hombros y le pedí que me esperara mientras iba por la mochila y las sandalias. ¿Cómo podía explicarle que en mi familia nunca íbamos a lugares cálidos a tirarnos sobre el pasto o la arena? Las cosas no eran así en mi familia, siempre se trataba de ir a otra ciudad y absorber la cultura y yo no estaba acostumbrada a la monotonía, no tenía idea de qué hacer con ella, era como tener un juguete inútil entre las manos.

El viaje por un camino de terracería sería memorable no por el paisaje o la conversación, sino por los cientos de sapos bidimensionales que había en el camino. Enormes y sin ancas traseras, los animales habían sido aplastados por los coches y luego desecados por el sol, como puntos lúgubres que conectaban el camino hacia el pueblo, que yo evitaba pisar al avanzar. Tomás comenzó a silbar una tonada. Antes de poder adivinarla, una Suburban plateada apareció en el camino. Nos quitamos justo a tiempo. A través de las ventanillas abiertas pudimos oír la cumbia escandalosa que escapaba del interior y, por una fracción de segundo, alcancé a ver a varias cabezas medio agachadas. Pero el vehículo pasó tan rápido que no estuve segura, y no dejó nada a su paso más que nubes de polvo.

Con la Suburban desapareciendo en la distancia volví la atención a los sapos. La imagen me enervaba y empeoraba cada vez que Tomás pisaba alguno, cosa que hacía intencionalmente de vez en cuando. El crujido me recordaba a las momias de Guanajuato que había visitado el año previo con mis padres. Tras la visita al Museo del Quijote, habíamos ido a ver las momias —más de cien, condenadas a llevar la muerte en público tras ser exhumadas en el siglo XIX debido a que algunas familias ya no podían pagar los impuestos de entierro—. Y no hubo necesidad de embalsamar los cuerpos porque las condiciones del subsuelo las habían preservado y, ya en la superficie, el aire seco de las montañas continuó con aquella labor. Eran imágenes espantosas, con los ojos huecos y las bocas abiertas, y ahora que oía a Tomás pisar los sapos estaba segura de que así sonarían las momias si las pisaran.

El pueblo era pequeño. Casi marchito por el sol. Un edificio central combinaba banco, oficina de correos, estación de policía, doctor, peluquería y tienda de abarrotes… los servicios básicos que cualquier comunidad requiere, según se indicaba en un letrero. Junto había un hotel de dos pisos, cuya pared de cantera rosa mostraba el paso de años de aflicción. Según Tomás, aquel lugar estaba repleto de narcotraficantes que hacían negocios en la playa de día y regresaban por las noches. Me asomé al lobby medio esperando encontrar un cuarteto de hombres agachados sobre un juego de cartas, pero lo único que vi fue a un joven botones en sandalias. Sentí el impulso de llamar a mis padres para decirles que me encontraba bien, que todo estaba bien y que pronto volvería a casa, no sabía cuándo exactamente, pero seguro antes de fin de mes. Mientras hacía tiempo afuera, armando la conversación en la cabeza, Tomás me dio un pellizquito en el brazo y me preguntó por qué me detuve.

Quiero llamar a mis padres y decirles que estoy bien.

Estás loca.

Una llamada rápida.

Luisa, es una muy mala idea. Podrán rastrear la llamada…

De modo que seguí caminando al tiempo que parte de mí se quedó afuera de aquellos dos edificios, imaginando los instrumentos de comunicación con los que contaban, instrumentos que podrían reconectarme con mis padres aunque fuera brevemente, unos instantes, para transmitir mi voz y, con ella, una suerte de tranquilidad, e incluso cuando estuve sentada frente a Tomás en una mesa en La Tortuga, el único restaurante en la intersección de dos calles inclinadas, incluso cuando hubimos cruzado el umbral de tiras de cuentas colgantes y entrado al salón decorado rústicamente y ordenado del mostrador con los platos del día, casi todos cadáveres plateados cuyo antiguo mar se había convertido en una cama de arroz, y cuando hube preguntado por todos los platillos vegetarianos del menú, que ascendían al gran total de tres, incluso entonces sentí que algo me jalaba hacia el hotel y las oficinas de junto.

De dos bocinas en las esquinas salía música tropical mientras esperábamos la comida. La cortina de cuentas de plástico hizo escándalo cuando una mujer gorda con bolsas del mandado entró con pesadez y se dejó caer en una silla, acompañada unos minutos después por dos ruidosas familias, cuya presencia fue anunciada por niños gritones y el humo de cigarros exóticos. Cuando llegó la comida ya había entrado hasta la brisa del atardecer.

Mientras Tomás comía pescado, interrumpido por los sorbos que daba a su cerveza, pensé en mencionar que había corrido en dirección opuesta a mí aquel día que propuso una carrera. Pude haber preguntado si se trató del cosmos ejerciendo su fuerza, tirando de él en otra dirección, hacia la gente que sí respondía a su llamado. Pero cada vez que estaba a punto de decir algo me contenía; no tenía caso reprocharle que actuara como se sentía por dentro.

Mi padre siempre decía que la mayoría de las fotos que se tomaban en un lugar público tenían un fantasma, una persona desconocida que pasa detrás de ti segundos antes de apretar el obturador, un cuerpo extraño que flota y cuya imagen se queda conectada a la tuya para la eternidad. Hacia el final de la comida al voltear observé que una de las madres de familia les tomaba una foto a sus dos hijas y yo estaba sentada justo detrás de ellas, en el campo de visión de la cámara. Ahora que lo pensaba, quizá había aparecido en algunas de las fotos del muchacho de San Francisco quien, al volver a casa a revelar el rollo, me había encontrado en el fondo de alguna fotografía con la cabeza llena de ensoñaciones y mi imagen vinculada por siempre al documento de aquel lugar.

Pedí la cuenta, quizá con demasiada impaciencia, y le dije a Tomás que quería regresar a la playa. Él también parecía listo para hacerlo. De regreso tomamos una ruta más corta, pero también tapizada de sapos disecados al sol. En aquel otro camino había, además, frutas caídas de los árboles y aplastadas, y en cada una, una marabunta emocionada se daba un festín, lo cual hacía que los sapos parecieran aún más muertos.

Una vez de vuelta a la playa Tomás me presentó a su nuevo amigo, Mario, un hombre de Zipolite con el pelo largo y blanco amarrado en una cola de caballo desgreñada y una voz que indicaba que se había fumado todas las plantas del entorno. Se habían conocido en una fogata, me contó Tomás, y se llevaron bien de inmediato. No pude evitar pensar que Mario tenía un aire sospechoso, pero Tomás estaba pendiente de cada palabra pronunciada por su amigo, especialmente cuando empezó a hablar de *la tropicalización del espíritu*, así lo llamó Mario; en la playa hay que tropicalizarse, me dijo cuando nos presentaron, como si me considerara culpable de resistirme. Aquel hombre hablaba y hablaba, hablaba sin filtros, dejando que le escurrieran las palabras sin detenerse a pensar lo que estaba diciendo, y hablaba tanto que, de vez en cuando, decía algo inteligente sin darse cuenta; las palabras simplemente se alineaban de tal forma que hasta él parecía sorprendido por la profunda declaración que acababa de emitir, y quizá fue aquella sabiduría espontánea lo que tanto impresionó a Tomás.

Sensaciones inmediatas y pensamientos anclados en tierras distantes. A pesar de mis reservas decidí que al fin era momento de atender el llamado del océano. La desnudez era opcional, me recordé a mí misma y, no obstante, aquella tarde me sorprendí cediendo a medias. Nunca lo esperé, pero me pareció extrañamente natural; después de todo, la única manera de convertirse en alguien más era ignorar las voces que hablaban desde el interior, alarmadas, protestando, mientras me quitaba la falda y me desabrochaba el brasier. Si lo pensaba más, daría marcha atrás, así que sin pensarlo otro segundo corrí hacia el agua, tan cálida como el aire, y avancé hasta que me llegó a la cintura. Cerré los ojos, ligeramente excitada por el abrazo de las olas, brazos invisibles que se enroscaban en mis piernas, y me pregunté dónde estaría el Tritón en ese momento. Quizá él también estaba en el mar, en algún otro sitio, y estábamos conectados por las mismas olas que rompían en uno y otro extremo, rozándome el cuerpo, y el suyo. Luego pensé en la indigente que se bañaba en la fuente, una imagen tan extraña, mitad desconcertante y mitad magnífica, el agua sumándole ondas a su cuerpo; en Zipolite no se sabía si el agua sumaba o restaba pero, de cualquier forma, me sentí resucitada.

Es decir, resucitada hasta que miré el horizonte infinito y sentí a la vastedad tragarme; si me quedaba más tiempo me disolvería, sería un reto permanecer intacta en el océano en el que seguramente cientos de cuerpos se habían disuelto, arremolinados entre conchas y algas, lo que pasa cuando te sumerges demasiado en la vastedad, al final te conviertes en parte de ella, en parte del paisaje, literalmente. La corriente aumentaba. Me dirigí a la orilla, abriéndome paso por el agua que parecía tener más voluntad y densidad, y sólo en ese momento me di cuenta de que a la distancia había una bandera amarilla aleteando en el asta.

De camino fuera del agua me encontré con un gordo con ojos de sátiro, y genitales tan grandes que no pude evitar observarlo cuando pasó a mi lado acompañado por una mujer también corpulenta, cuyo bikini verde se le pegaba a las curvas, y con pechos como pesadas campanas de iglesia. Mientras salían del agua con los muslos golpeando contra las olas la mujer lanzó los brazos alrededor de la barriga del hombre y los miré con algo parecido a la envidia cuando llegaron a la orilla y se fueron alejando, dejando sensuales huellas por la arena, su volumen no disminuido por la perspectiva de la distancia.

Arena, toalla, seguridad. No obstante, la amenaza de la hambrienta vastedad pronto se vio reemplazada por el peso de algo más concreto: acostada en la arena, la imagen del edificio de oficinas me volvió a la cabeza, y el hotel y la cantidad de teléfonos junto a los que seguramente había pasado sin que pudiera hacer la llamada. Sentí una presencia cercana y me incorporé para analizar al visitante. Cuerpo largo cubierto por una cota de malla iridiscente, cresta que se extendía de la cabeza a la cola como una cordillera de espinas, cabeza enorme como la de una deidad oriental coronada. Junto a mí había una iguana cuyo sopor sólo lo socavaba algún parpadeo ocasional y el casi imperceptible temblor de las quijadas y la papada mientras recogía el calor del sol. Tenía la boca abierta revelando dos filas de diminutos dientes puntiagudos, y las pupilas parecían estar fijas en mí. Cerré los ojos en un intento por ignorar su mirada pero la sentía a través de los párpados. Aquellos ojos tenían un objetivo, algo que no era sólo curiosidad, y no pude evitar sospechar que la iguana había sido enviada por mis padres para espiarme.

De nuevo recordé la fiesta de Diego Deán y las tres iguanas posadas con gran dignidad en las peceras observando los poco dignos bailes a su alrededor, y ahí en la arena sentí que me sobrecogía una ansiedad similar. No tan fuerte como la de aquella noche, claro, pero lo suficiente para cancelar la sensación de placidez que había empezado a rodearme. Ver aquella iguana, que en los últimos minutos había desaparecido de vuelta en su impenetrable mundo, me dejó preocupada. Deseé que los minutos aceleraran para que el sol se disolviera en una rayita ardiente. Quería ver al Tritón, quería tomar un par de tragos. Ése era el momento en que me relajaba, de noche en el bar, lejos de la playa y sus historias. Pero la noche todavía era un concepto distante. Intenté pensar en algo neutral. En los pósteres de mi cuarto: Siouxsie Sioux con un tocado de plumas. La foto en sepia de Emiliano Zapata con su sable, rifle, faja y sombrero. Y el de Caspar David Friedrich que compré en la tienda de un museo, de dos figuras contemplando la luna, junto a una foto que tomé de los Caifanes tocando en la Quiñonera. Quizá ya estaban descoloridos y tenían las orillas enroscadas. No, no tan pronto. Pero, seguramente, lo que cuenta es la intensidad de la ausencia y no la duración. Algo debía haber cambiado, la habitación sería diferente ya, algo se quejaría.

Por la noche salían los vagabundos de la playa, lentas siluetas ajenas a nuestra presencia decididos a llevar a cabo su misión. Al principio no sabía quiénes eran aquellas dos figuras paseando por la orilla con antorchas que iluminaban el camino frente a sí mientras avanzaban arrastrando los pies. Hasta que oí a una señora en El Cósmico hablando de ellos con uno de sus clientes, un tipo inquisitivo sentado en la mesa de junto. Él también los había visto y le pidió a la señora que le explicara quiénes eran. Son Horacio Gómez y Serpentino Hernández, respondió la señora, los vagabundos de Zipolite. La arena esconde, pero también protege las cosas hasta que se pone el sol, y estos hombres estaban decididos a encontrar las monedas oxidadas, los silbatos, relojes de plástico, lentes de sol y otras chácharas olvidadas. Horacio era bastante mayor de edad, y por lo tanto Serpentino, el más joven, tenía mejor vista y más éxito al buscar, y cada noche los dos hombres se encontraban con linternas cerca de una roca y empezaban su búsqueda de tesoros en la arena, casi siempre sin hablar y sin saber mucho uno del otro, dado que eran sólo colegas. Pero la señora del Cósmico conocía varios detalles y era claro que no podía evitar compartirlos. Horacio había estado en la ciudad sólo cuatro veces en la vida y su esposa había muerto hacía muchos años. En cuanto a Serpentino, su esposa vivía en el norte y la veía en Navidad; era guapo, de una belleza clásica, pero le faltaban varios dientes, de modo que su boca parecía una caverna vacía con estalactitas y estalagmitas. Su sueño era ahorrar para poder comprar un detector de metales, algo que el buscador más maduro no aprobaba en absoluto.

No obstante, sólo vi a estos hombres de lejos, nunca los tuve enfocados por completo, no eran más que borrones de tinta en el fondo, a veces inmóviles, a veces en movimiento, a veces verticales, a veces inclinados cuarenta y cinco grados, a veces uno tenía un sombrero, a veces uno usaba un bastón. Me impresionó aquella profesión alimentada por el optimismo, por la idea de que cada noche podía traer consigo una recompensa, siempre algo por descubrir si se buscaba bien, y quizá tenían razón, pero hasta donde alcancé a ver lo único que se podía encontrar eran bachas y colillas de cigarro, botellas vacías y restos marinos, un museo de desechos, pero ninguno perteneciente a los emocionantes desechos de un naufragio que podía alcanzar otras orillas.

Mientras tanto, el océano escribía y reescribía su largo listón de espuma, cambiando los contornos del dibujo de Tomás, ajustando y reajustando, moviéndolos adelante y atrás.

Eran las cuervo y cuarto, las paloma y media, cinco para las búho. Podía calcular aproximadamente el tiempo por el movimiento del sol, pero la hora del día y el día de la semana parecían irrelevantes, un día se doblaba sobre el siguiente como un acordeón y no sentía necesidad de distinguir uno del otro.

Había dejado el reloj en la casa a propósito, o quizá lo había olvidado, porque ¿de qué podía servirme en la playa? Oaxaca funcionaba en tiempo de Oaxaca, Tomás en tiempo de Tomás, incluso los perros tenían su propio huso horario, puntuado por el hambre, las siestas y la observación, un metrónomo que perdía el ritmo cuando aparecía algún sonido o aroma nuevo en el horizonte. Por la noche pensaba en lo que una tía muy católica me dijo cuando mencioné que me costaba trabajo creer en una fuerza todopoderosa: ella me miró con lástima que no intentó ocultar, antes de describir la soledad del ateo. Verás, como ateo, estás solo, en las noches cierras la puerta y no tienes a nadie, mientras que ella estaba siempre acompañada; donde fuera, haciendo cualquier cosa, siempre había alguien observándola, un testigo divino de su vida. No me resultaba una idea especialmente atractiva, recuerdo haber pensado, pero me sentí obligada a estar de acuerdo con ella e incluso a acompañarla en la lástima que le daba mi espíritu vacío.

Hay momentos en la vida, periodos enteros incluso, en que la vida parece nocturna. Algunas vidas pueden mapearse por completo a través de escenas nocturnas y, una vez en Oaxaca, no tomó mucho tiempo para que mis días y mis noches se convirtieran en un continuo que reflejaba la vaga frontera entre el cielo y el mar. Pero, naturalmente, había pequeños cambios, sobre todo en la luz, el ruido y la temperatura, y una vez que estábamos firmemente instalados en la noche, el bar llamaba. El bar llamaba y el Tritón usaba muchos anillos. No los llevaba puestos el día del castillo de arena, incluso a la distancia hubiera detectado el brillo, pero se los ponía todas las noches para ir al bar y, cuando hablaba, jugueteaba con ellos, tres en una mano, dos en la otra. Cuatro eran bandas de plata y el quinto era la cabeza de un lobo con el hocico apuntando hacia arriba como si estuviera al acecho; ese anillo lo usaba en el dedo medio de la mano izquierda, y yo lo veía discretamente en un intento por descifrar el significado. Quizá en su país los lobos tenían un simbolismo especial, o quizá era miembro de algún club de apreciadores de los lobos, pero no, decidí, el Tritón era un lobo solitario, como el anillo solitario gruñendo entre las otras bandas anodinas, y si no le hubiera puesto Tritón, habría buscado un sobrenombre más lupino. Pero, en Zipolite, y eso lo entendía ahora, uno podía ser muchas cosas a la vez.

Una noche, además del silencioso milagro que era el Tritón, estaba también un DJ de Berlín, un pelirrojo que había cruzado el océano con sus rolas, canciones que me gustaban mucho más que los juguetones himnos playeros de todos los días. Pero no todos parecían tan cautivados por la música, incluso había menos gente que de costumbre en la improvisada pista de baile. Cuando el DJ puso a Kraftwerk tomé al Tritón de la mano. Al principio se resistió, envuelto en su inmovilidad, pero no me di por vencida, y tras un par de jalones más conseguí que me siguiera hasta un espacio más bien tenebroso de la palapa y ahí nos pusimos a bailar. El Tritón estaba tenso e inseguro, de modo que lo tomé de las manos y dirigí el baile lo mejor que pude, sorprendida de ver que el Tritón, que sentado era tan grácil y sereno, parecía no tener coordinación alguna, se meneaba a trompicones, casi mecánicamente, y sus hombros se movían como una revolvedora de cemento mientras daba tumbos de un lado a otro.

Cuando empezó la siguiente canción, "The Great Commandment" de Camouflage, ritmo y melancolía mezcladas de forma muy alemana, el Tritón colocó las manos sobre mis hombros y me acercó a él. Sin pensarlo, recargué la cabeza en el algodón de su camiseta, cerré los ojos y aspiré los olores a mar y colonia. Nos quedamos en la misma posición durante la canción posterior, sus enormes brazos envolviendo mi torso mientras los solos de guitarra reverberaban en su pecho. Todavía con los ojos cerrados, completamente absorta, me dejé llevar hacia las noche de El Nueve, a la gruta de luz europea, e imaginé que estábamos ahí, el Tritón y yo, moviéndonos en círculos alrededor de la cabina del DJ mientras todos, desde Adán el Aviador, hasta el gótico escocés, le abrían paso a la majestuosa pareja que se deslizaba por la pista, haciendo callar a todos frente a nuestro gran romance. Mi cabeza me llevó tan profundamente a la calle de Londres en la Zona Rosa que empecé a temer lo que haría con el Tritón una vez que terminara la noche, no podía llevarlo a mi casa así como así, ni podía dejarlo suelto por la ciudad, especialmente sin hablar español; sí, cuando acabara la noche aquello sería un problema. Me concentré en esa situación hipotética más y más, hasta que abrí los ojos y vi a Tomás.

Estaba frente a mí, frente a nosotros. Pelo lacio y shorts blancos holgados, con una rasgadura en el hombro de la camiseta roja. Parado en medio de los danzantes, con apariencia desanimada, me miraba y miraba al Tritón y luego a mí de nuevo. Tritón, te presento a Fantomas. El Tritón frunció la cara y me soltó, ladeando la cabeza como preguntando quién era ése. Es el amigo del que te hablé, dije por encima de la música, y le susurré a Tomás que se fuera. Ni siquiera pestañeó, de modo que lo llevé a un lado y le pedí que se fuera, ¿no veía que estábamos platicando? A lo que respondió con una mirada confundida, consciente, quizá, de que no habíamos estado hablando y si sí, había sido unidireccional y en un idioma que sólo uno de nosotros entendía. Miró al Tritón, que ya no estaba en la pista, sino de camino a nuestra mesa. Sólo vine a ver cómo estabas, dijo encogiéndose de hombros, quería ver si estabas bien. Claro que estoy bien, respondí fríamente. Durante unos segundos nos miramos sin intercambiar palabra. Volvió a encogerse de hombros y se fue.

El Tritón se portó aún más reservado que antes ahora que alguien había aplazado nuestra intimidad, y de vuelta en la mesa insistí, en caso de que no hubiera quedado del todo claro, que ése era el amigo con el que había viajado en busca de los enanos. Confesé que, en algún momento, me había interesado, había sido una especie de romance, al principio... Pero ése era el problema con las personas misteriosas, expliqué: una vez que pasas tiempo con ellas te das cuenta de que no son tan misteriosas después de todo, y cuando dije eso el Tritón sonrió, como prometiéndome que él seguiría siendo un misterio.

Las Híades se ocultan por la noche y
Tauro comienza a levantarse
Vega se levanta por la noche y
por la mañana las Pléyades y las Híades empiezan a levantarse.

El mecanismo Anticitera había registrado lo que apareció al atardecer, lo que se alejó del cielo del amanecer. A pesar de las corrientes eléctricas ofrecidas por el Tritón y el más o menos tácito acuerdo al que llegué con Tomás, había recordatorios de que mis nervios seguían en carne viva. A pesar de mucho intentarlo no podía ignorar el espejismo ocasional de mis padres acechando en el fondo porque eso es lo que hacen los padres, acechan, en persona o a distancia, e incluso libre de enormes instrumentos matemáticos siempre habrá, en tu mente, padres acechantes que no pueden sacudirse desde ninguna posición. Pronto estaré en casa, les dije en mi mente, sin tener idea de qué significaba pronto. Tampoco quería abandonar al Tritón.

Con frecuencia yacía ansiosa sobre una toalla o alguna tumba de arena poco profunda, observando la bandera: verde, amarilla o roja. Pensaba en las muchachas zapotecas, en qué lugar de la playa exactamente estaban sus cuerpos. Frente al Cósmico. ¿No fue eso lo que dijo la señora de la fonda? A aquellas alturas la historia parecía historia antigua y yo no lograba recordar los detalles. A veces me recostaba bajo la sombra móvil de las palmeras, evitando la hamaca de día como si fuera mi cama en la ciudad. Nunca me gustaron las siestas que no me ocasionaban otra cosa que desorientación y sensación de vacío, y en lo que a la hamaca se refería, la suspensión es un estado sospechoso en la que la estabilidad es imposible salvo si algo toca el suelo. De modo que dejé que se exaltaran mis nervios y hasta me entregaba a ellos, pues no podía imaginar estar cien por ciento relajada. ¿Qué tipo de mente era necesaria para poder hundirse sin preocupaciones, garantizar tener la situación bajo control y no bajar la guardia evitando que las cosas se volvieran demasiado pintorescas? Me así al único libro con el que viajé, *Les Chants de Maldoror*, de Lautréamont.

De vez en vez me echaba un clavado en el libro, como lo hacía en la ciudad, y en cada ocasión la espuma furiosa saltaba y me escupía a la cara, aunque me sentía más fuerte con él entre las manos. Después de todo, el maestro Berg me lo había dado a mí especialmente, no se lo había dejado al resto del salón: era demasiado salvaje para los demás, dijo. Lautréamont era mío y sólo mío y yo estaba más cerca del autor que nadie más en la clase, de eso estaba segura. Isidore Ducasse fue mi aliado en Zipolite, y todo lo que sabía sobre él me hacía quererlo aún más. Había cierta escasez de datos biográficos, tal y como me lo advirtió Berg, no obstante me saboreaba aquellos que se mencionaban. L/Ducasse era gruñón y taciturno y se mantenía alejado de todos. Casi no comía, pero bebía copiosas cantidades de café y padecía migrañas. Durante el día caminaba de un lado a otro por las riberas del Sena y se quedaba despierto toda la noche escribiendo, golpeando las teclas de un piano en busca de frases y ritmos. Vivía en un hotel y era tan anónimo que cuando murió, a los veinticuatro años, el certificado de defunción lo firmaron el gerente y el mayordomo del hotel. Y, desde luego, sólo había una fotografía suya, un último acto de resistencia. Abría *Maldoror* y me bebía algunas palabras —algunas en particular eran muy buenas para el arsenal: fétido, lascivia, tortura, vampiro, oprobioso, sangre, saliva, vigor— y seguía con mi día, incluso una breve visita a las páginas era suficiente para ponerme los nervios de punta, pero también para armarme de valor.

Los otros alumnos del Coca tenían guardaespaldas. Yo, cortesía del maestro Berg, tenía a Lautréamont. Con él, no necesitaba a nadie en la escuela, y después de que Etienne se fue era como tierra baldía y yo tenía el libro siempre en la mochila. Quizá se trataba de un mico imitando el rugido del jaguar, pero con ese aliado me sentía más fuerte que los guardaespaldas, un absurdo de la vida diaria que en la playa resultaba aún más absurdo. Quizá era cierto que cuando uno revisa la vida en la ciudad, particularmente desde un sitio en el que no hay criaturas urbanas, muchas cosas resultan absurdas. Pero pocos detalles, vistos con ventaja desde Oaxaca, me parecían tan ridículos como los guaruras, en especial lo que se reunían afuera de la escuela, una masa vestida de negro dando vueltas como densos anillos planetarios, cuya densidad se manifestaba reiteradamente por los coches que manejaban, camionetas anónimas negras, plateadas y grises con las ventanillas polarizadas, como los lentes de sol de aquellos hombres.

Esos hombres agregaban color local o, más bien, sombras a la calle, y la última vez que los vi fue exactamente antes de irme a Oaxaca. Después de clases salí por la puerta principal en lugar de ir hacia el estacionamiento para tomar el camión de la escuela, y no sólo eso, también salí unos minutos antes de que sonara la campana porque la clase de deportes terminó un poco antes de lo habitual. Y ahí estaban, desplegados cerca de la puerta esperando a sus protegidos. Algunos fumaban, otros estaban alrededor del puesto de tacos que se instaló para atenderlos. No obstante, yo no estaba en su radar, subsumidos como estaban en el agitado entorno, y sus ojos me atravesaron como atravesarían un árbol o una reja. Siempre me sentía irrelevante frente a esos hombres, no sólo los que estaban en la escuela sino los que estaban por toda la ciudad, aunque los guardaespaldas en otros sitios reaccionaban un poco más a mi presencia, al menos la registraban con alguna microexpresión, mientras que los de la escuela no daban señales de reconocer mi existencia.

Pero aquel día había sido distinto. Ya no me sentía disminuida por los guaruras ni por el mundo que representaban, pronto estaría lejos de ahí, y mientras miraba fijamente los lentes polarizados de uno que estaba cerca de los tacos, me convencí de que él me miraba también. Alguien se dio cuenta de que había una alumna que exudaba una especie de energía fuerte. Se acercó un bolero de zapatos con su hijo. Los había visto antes, emprendedores humildes que se materializaban con cajones de madera que se desplegaban como acordeones y cuya música era un montón de trapos, cepillos y frascos de grasa para calzado.

También llevaban un banquito. En cuanto llegaban, alguno de los perros guardianes se separaba del resto para que le bolearan los zapatos, cinco minutos para sentirse solemne e importante con un hombre de rodillas frente a él.

A las dos treinta sonaba la campana: la señal para que el bolero y el hijo guardaran sus herramientas de trabajo y para que el taquero apagara la parrilla y bajara la cortina. A partir de ese momento la atención se concentraba en otro lugar, todas las cabezas se volvían hacia la entrada de la escuela, y entre el mar de ropa negra se distinguía una pequeña ola de tics nerviosos —los guaruras suelen padecerlos— y los niños empezaban a salir. No pude evitar pensar en las muy distintas formas en las que cada uno habitaba el pavimento, seguramente tan distintas como las formas en las que habitábamos el mundo más allá. Ese día no me sentí inferior, bueno, en realidad nunca me sentí inferior, pero a veces me daba cuenta de que actuaba como si lo fuera, ése era el efecto de tales personas sobre uno; incluso si existías lejos de su esfera de influencia seguías formando parte de la jerarquía, de alguna forma estabas implicado. Aquella tarde observé sin inmutarme a los enormes hombres que se acercaban a los niños, les quitaban la mochila y los llevaban a los autos que esperaban.

Intentaba recuperar algo de lo que sentí a punto de emprender el viaje, revivir al menos algunas partículas de la emoción, recordar lo poderosa que me sentí caminando hacia Constituyentes, en donde abordé el Ruta 100 que me llevó a la terminal de autobuses; incluso durante los momentos que amenazaban el buen humor mientras Tomás y yo esperábamos la partida me sentí indomable, lista para salir de mí misma y convertirme en otra.

Con los primeros asomos del crepúsculo me dirigí al bar y llegué unos minutos antes que el Tritón. Vi su cara aparecer junto a una columna de la palapa, revisar el entorno hasta encontrarme y sonreír, ligera pero cariñosamente, mientras se acercaba a mí. Esa noche no llevaba suéter: la camiseta blanca sin mangas ponía en relieve los brazos musculosos y destacaba el pecho contra el que había recargado la cabeza; algunos vellos escapaban de la camiseta pero, por suerte, no muchos. Aquella noche no hablé mucho y preferí acompañar el silencio del Tritón, un silencio cómodo entre música y bebidas, acompañado por un frecuente intercambio de miradas que me hacía desear más. Pero a mayor deseo mayor timidez. Como si percibiera mi inhibición, el Tritón movió las bebidas del centro de la mesa, estiró el brazo y me tocó la mano, sólo la acarició una vez y sólo durante unos segundos, pero, al hacerlo, aumentó el vataje entre nosotros.

En ese momento una mosca azul metálico zumbó hacia la cara del Tritón. La alejó con la mano y le dio un trago a la cerveza. Poco después el insistente insecto pasó zumbando de nuevo y aterrizó sobre la mesa. Sus movimientos se vieron complicados por los residuos pegajosos en la superficie. Las diminutas patas luchaban por despegarse, las antenas se alertaron y las alas se movían desesperadamente. Despegarse era una labor imposible. Observé al pequeño bultito de pánico y consideré la opción de rescatarlo. Ya había sacado el popote de mi bebida y lamido las últimas gotas del tequila sunrise del extremo cuando el puño del Tritón cayó como un mazo y redujo a la mosca a un manchón negro sobre la mesa en un instante. Luego, con más delicadeza, levantó los restos con dos dedos, abrió la boca y la lanzó dentro. Lo que fuera que la mosca estaba recolectando —arena, mugre, experiencia— se lo tragó el Tritón. Una risa extraña y de nuevo a la expresión seria. Yo sonreí nerviosa, un poco horrorizada, y me debatí sobre si todavía quería besar aquella boca que acababa de comerse una mosca, o no. De cualquier forma no hubo necesidad para el debate porque el Tritón se limpió los labios con el dorso de la mano y se levantó de la silla, ofreciendo la despedida habitual, el arco de un adiós dibujado con la mano y, con algo parecido al alivio, vi su silueta marcharse atravesando el bar para desaparecer en la oscuridad.

Como de costumbre, el mar estaba inquieto, era un contrapunto de crestas blancas y colinas oscuras y podía verse, casi sentirse, el rocío de las olas desde lejos. Una vez en la hamaca pensé en la mosca y su viaje interrumpido. Y sobre el gesto del Tritón: ¿furia, broma o provocación? La lámpara del techo se fundió y las fantasmales palomillas se alejaron. Digo que se fundió, pero la verdad es que cada palapa la regenteaba una mujer, normalmente robusta, que controlaba la atmósfera a través de la lámpara del techo. La duda era si se trataba de pabilo o filamento, hasta que un día descubrí un montón de cables, una espiral de corriente que se conectaba a las lámparas colgantes, y no pude evitar llegar a la conclusión de que cada palapa era, en cierta medida, hábilmente coreografiada por la mujer que la administraba, una directora de producción secreta que observaba desde atrás de la pantalla antes de decidir el nivel correcto de iluminación.

Cerré los ojos, los abrí, los cerré, los abrí de nuevo alistándome para un negro más profundo. Pero cada vez que los abría podía detectar las siluetas de los objetos a mi alrededor, la hamaca vacía de Tomás, las vigas de madera del techo, mucho más definidas de lo que la oscuridad solía permitir. Me asomé afuera y miré al cielo y descubrí otra fuente de luz, mucho más constante y potente que cualquier lámpara. Una luna madura, resplandeciente, como las que se ven en los libros de cuentos. Me pregunté cómo era que no había notado antes aquella imponente presencia en el cielo. Pero casi de inmediato el paisaje se vio arruinado por el sonido de las olas que parecían aumentar el volumen con cada acercamiento a la orilla, y me pregunté por qué a la gente le parecía tan relajante, en todas las tiendas había grabaciones de ola sobre ola, un misterio la forma en que la nube sonora e incorpórea los dejaba dormir, aunque es verdad que en la ciudad, cuando el ruido no me dejaba dormir, hacía como que el sonido del tránsito fuera la marea, y aquella noche en Zipolite invertí la ilusión auditiva e imaginé que las olas eran un flujo constante de coches acercándose y alejándose.

Estaba considerando la opción de levantarme y quizá volver al bar por otra bebida, cuando oí una voz aguda, una voz que hablaba en un idioma que no reconocí, muy lejano a la cadencia del español o de las lenguas indígenas de Oaxaca. Las palabras tenían un tintineo amable, suaves vocales acolchonadas con la *sh* y el zumbido de las letras *dzzz* por aquí y por allá, como abejas polinizando la frase. Intenté escuchar cada sílaba. Se sumó una segunda voz en el mismo idioma y casi el mismo tono de voz. Me incorporé lentamente intentando que la hamaca no se meciera. A unos metros había dos figuras cuyas siluetas estaban bien delineadas contra la luz de la luna. Eran como del tamaño de un niño y llevaban ropa suelta. Se habían detenido y una de ellas apuntaba hacia el cielo. Una expresión de admiración, más palabras en una lengua extraña, y desaparecieron.

Tomás no me creyó a la mañana siguiente. Para variar, estaba acurrucado en la hamaca, inmovilizado por la cruda. Cuando le conté lo que vi farfulló algo, se tapó la cara con un brazo y se dio la vuelta. Me quedé de pie junto a su hamaca y sacudí las cuerdas, repitiendo la historia, sin entender cómo era que mis palabras no generaban ninguna reacción, pero él sólo gruñó. No tuve otra opción más que buscarlos sola. ¿Qué más podía hacer? Además, el único motivo por el que quería que Tomás me acompañara era porque él estaba familiarizado con la zona y porque cuatro ojos son mejor que dos. Estaba segura de haberlos visto, gracias a la luna llena diez veces más luminosa que el cuarto creciente y mis oídos tampoco me engañaban. Había visto suficientes noticias y películas como para poder reconocer el sonido del ruso o algo parecido, eso sin contar que, según podía recordar, la luna llena también significa que hay marea baja, y la marea baja es cuando se aleja el mar, emerge la escritura y todo se revela.

Tras una veloz visita al Cósmico por café, que resultó inesperadamente amargo aquella mañana, busqué alguna señal en la playa. Encontré significado en varias hamacas que estaban sospechosamente cerca del suelo y en una procesión de mini-huellas que llevaban al mar. Cerca de las rocas vi a tres muchachos rubios con trajes de baño antiguos, pero cuando me acerqué se convirtieron en niños europeos con una nana. Unas figuras achaparradas sobre un tablero de ajedrez resultaron ser un par de gemelos jugando damas. En otras palabras, los enanos estaban en todos lados y en ningún lugar a la vez, y tras varias horas mi energía disminuyó.

Aquella noche estaba ansiosa por ver al Tritón, por contarle lo que vi, dos pequeñas siluetas hablando en un idioma que a mí me resultaba desconocido pero a él quizá no, dos pequeñas figuras contemplando juntas la luna, algo que no esperaba uno encontrar en la playa, especialmente desde un hamaca. Llegué al bar con las primeras estriaciones de la noche y busqué nuestra mesa del fondo; la gente comenzaba a llegar poco a poco al tiempo que la música aumentaba de volumen y de ritmo, pero no había señales del Tritón. Entró un par de perros, husmearon alrededor y se fueron. Fui por una bebida y luego por otra, escaneando cada cara que aparecía. Pasó una hora. Otra más. Decidí beber más lentamente y probé el coctel local de color azul. Los fabulistas de la primera noche habían migrado a otras playas o se habían marchado a completar sus misiones, y las nuevas conversaciones a mi alrededor sonaban demasiado aburridas como para prestarles atención.

A las diez de la noche me quedaba poco dinero y menos paciencia, y el coctel azul con aceitunas desintegradas sabía a acuario. Cuando un tipo de labios delgados y pelo rizado se ofreció a comprarme un trago, acepté. ¿Qué hacía sola en aquel sitio?, preguntó, a lo que respondí que estaba esperando a mi novio. Después de llevarme mi bebida fue por la suya a una mesa cercana y se sentó en el lugar vacío a mi lado. Luego me preguntó que qué hacía en la playa. Le respondí que, además de estar de vacaciones *con mi novio*, estaba buscando a un grupo de enanos ucranianos. ¿Dijiste ucranianos? Sí, desertaron de un circo soviético que estaba de gira por México. No di más detalles, sólo el titular, pero el solo titular bastó para volverlo loco y, en un repentino estado de agitación, me contó que trabajaba medio tiempo en la casa de Trotsky en la Ciudad de México, que habría de convertirse pronto en un museo, con motivo del cincuenta aniversario de su muerte. El sonrojo que inundaba su rostro pronto contagió a sus palabras mientras me explicaba lo alterado que estaba por la idea de que hubiera unos ucranianos sueltos en nuestra tierra, quién sabía hasta dónde podía llevar aquella situación, y tras tres intentos por encender su cigarro me contó que México había sido el primer país del continente americano en establecer relaciones diplomáticas con la Unión Soviética en 1924, y que después el presidente Cárdenas había dado la bienvenida a Trotsky, lo cual estaba muy bien, pero México había entrado a la Segunda Guerra Mundial en contra de las potencias del Eje y muy cerca de la Unión Soviética, ¿sabía yo eso?, preguntó sin esperar respuesta, así que quién sabe qué podía pasar con esos ucranianos sueltos por ahí. México era sin duda un espacio seguro para los espías soviéticos por la ubicación, tan cerca de Estados Unidos y tan lejos de cualquier otro lugar, de hecho, él había oído que funcionarios mexicanos permitían que la KGB llevara a cabo operaciones en nuestro país y mucho del personal de la embajada soviética trabajaba encubierto como choferes, recepcionistas y diplomáticos mientras que, supuestamente, eran parte del aparato de la KGB, ¿sabía yo lo que era eso?, preguntó de nuevo el hombre. Sí, asentí, y él hizo una pausa para terminar su bebida y su cigarro antes de prodigarme unas últimas reflexiones. ¿Quién mejor para recolectar información confidencial, espiar en lo más profundo de la vida de la gente, que los personajes de un circo? Se preguntó si acaso se prepararían durante años, si mantenían en secreto que hablaban español. Si eran o, potencialmente, podían convertirse en peones políticamente importantes en una partida más amplia. Si tendrían algo que ver con las diecisiete mil toneladas de leche en polvo contaminada llegada desde Chernóbil que estuvo a punto de distribuirse en todo México un año antes de que alguien sonara la alarma. Si acaso… ¡Jorge!, ¡qué haces, ven aquí! Las especulaciones se vieron interrumpidas por una mujer bajita en un vestido floreado. El hombre se disculpó y se escabulló.

Si la conversación hubiera ido en otra dirección, quizá le hubiera contado que había visto a dos de los enanos la noche anterior, pero no sentí ninguna prisa por poner al tipo al tanto. Además, no estaba segura de qué tan en serio tomar sus palabras. Dicho eso, yo misma había estado en la casa de Trotsky dos veces, una con la escuela y una con mis padres, y entendí por qué se alteró tanto. Era el tipo de lugar que te hacía sospechar de todos, y las torres de vigilancia ni siquiera habían cumplido su propósito ya que el asesino de Trotsky entró por la puerta ataviado con un grueso abrigo, sudando profusamente en el verano mexicano sin levantar ninguna sospecha, y al pensar en las torres me acordé de las filas de cobertizos vacíos en el jardín, marcos de madera con malla metálica en los que Trotsky tenía gallinas y conejos como mascotas, que se despertaba muy temprano a atender, una actividad que, según su esposa, le daba mucha calma. Se podía confiar en las gallinas y los conejos más que en cualquier ser humano y no había que ser un revolucionario para saberlo. Y por un momento me sentí de vuelta en la casa de la calle de Viena en Coyoacán, en el jardín con variantes de verde, entre ellas los cactus que Trotsky recolectó en diversas expediciones y llevó a casa para plantarlos él mismo. Sentada en una banca del jardín intenté comprender, o al menos imaginar, el continuo entre este recóndito lugar y el presente, consciente de que Trotsky fue asesinado a principios de la Guerra Fría, antes de que los circos soviéticos viajaran por México, antes de los tiempos en que los cosmonautas fueran catapultados hacia las rutas pavimentadas del espacio, equipados con antifaces para dormir contra la sucesión de amaneceres en órbita, en otras palabras, antes de la Unión Soviética que vivía en mi imaginación.

La repentina aparición del Tritón me sacó de mis cavilaciones. Había llegado como atraído por mi ensoñación, pensé. Con un gruñido como saludo se sentó con la botella de Negra Modelo en la mano y la respiración alterada e irregular, el ritmo de un sistema sobrecalentado que estaba volviendo a la temperatura normal. No sabía qué lo había mantenido alejado del bar hasta ese momento, el reloj marcaba las diez cuarenta, pero no había manera de preguntarle. En cuanto se instaló y le hubo dado un par de tragos a la cerveza le conté de los enanos, de cómo los había visto bajo la luna llena después de habernos despedido, ¿había visto la luna colgando sobre la playa en su incandescencia abatida?, pregunté y describí lo mejor que pude la escena de la que había sido testigo, el pequeño dúo, el sonido de su idioma, la forma en que habían apuntado al cielo y se habían ido. Pero la cara del Tritón permaneció impasible, incluso cuando repetí que casi seguro que eran dos de los enanos ucranianos vívidos bajo la luz de la luna llena, pero no parecía impresionado, de hecho, empezó a bostezar y sus manos desnudaron la botella de cerveza, despegando la etiqueta que llevaba la botella en el pecho como una faja. Quizá para él era un tema intrascendente y en su país las noticias estaban repletas de notas sobre deserción y reaparición, quién podía saberlo, y aquella noche parecía distraído, por primera vez desde que nos conocíamos sus ojos no estaban amarrados a los míos y se paseaban por todo el bar.

Acabábamos de conseguir dos bebidas nuevas o, más bien, el mesero las había traído, cuando las lámparas del techo titilaron, primero una vez, luego varias más y entonces, para consternación de todos los presentes, se apagaron por completo sumiendo la palapa en la oscuridad, en la noche verdadera que habíamos estado ignorando. Segundos después también la música se detuvo. Uno de los cantineros golpeteó una cuchara contra un vaso y pidió silencio. El silencio tardó en llegar, pero una vez que quedaron pocas voces, anunció que había habido un corto circuito, pero que no nos preocupáramos: sólo había que esperar que llegara el electricista de Zipolite y todo volvería a la normalidad.

Podía oír la impaciencia de las personas a nuestro alrededor, cuya parranda había perdido impulso, y tras unos quince minutos las lámparas se encendieron, primero inciertas y luego a todo fulgor, y la luz reveló una imagen desconcertante: el Tritón en la orilla de la silla con mirada febril, tanto, tan húmeda e intensa, que en ese instante me preocupó que lo hubiera picado un mosquito pegándole la malaria. Antes de poder preguntarle si pasaba algo, aunque sentí que no, se inclinó hacia adelante, tomó mi cara entre sus manos y la acercó a sí. En ese momento se detuvo el lenguaje y sin terminarnos las bebidas nos levantamos y buscamos la salida más cercana de la palapa hacia la oscuridad, atravesando más oscuridad mientras que en algún lugar, a lo lejos, una linterna iluminaba con luz anaranjada y el mar rugía en mis oídos como si pudiera tan sólo estirar las manos y tocar el agua. Y más que nunca sentí que en Zipolite todo era posible. Una vez en mi hamaca las enormes manos se asieron de mi ropa y comenzaron a tocar mi cuerpo, el mismo par de manos que había apisonado la arena húmeda, pero también —cómo olvidarlo— la misma mano que había aplastado la mosca. Una corriente me recorría como si en mí hubieran entrado el mar y sus olas, una fuerza oceánica que empujaba más y más adentro, y el Tritón murmuraba algo en su idioma y yo en el mío, al tiempo que la hamaca colgaba más cerca de la arena con las cuerdas estiradas por el peso, un aumento en la presión, una cabalgata de olas, un viaje al fondo del mar y luego salir a respirar a la superficie, y algo en mi interior me apretó con más y más fuerza hasta que no se podía más y luego se soltó. El Tritón se quedó conmigo hasta las primeras horas de la mañana cuando la playa despertó. Lo vi levantarse de la hamaca, ponerse la ropa y las sandalias y, tras un último beso, marcharse como a escondidas, justo cuando el cielo comenzó a cambiar de morado a azul. En su canto al océano, Lautréamont lo llama un vasto moretón en el cuerpo de la tierra, aunque yo sentía que el moretón lo tenían, más bien, los que entraban en contacto con el océano y no el océano mismo.

La mañana lanzó las suposiciones nocturnas por la ventana y la luz matinal confirmó la ausencia del Tritón, evaporado como la capa superior de rocío en un sueño. Tras una visita al Cósmico, en donde el café estaba más fuerte que el día anterior, di un paseo por la playa. Había menos turistas que de costumbre; largos espacios en los que no había nada más que algas y algún ave picoteando la arena. ¿Dónde estaban las conchas de mar?, me pregunté, no entendía por qué Zipolite no estaba cubierto de nácar, con casi ninguna ornamentación más que el propio brillo de la arena, y sólo bajo cierta luz. ¿Dónde estaban las criaturas que vivían en caparazones?, seguramente había algunas de esas que vivían medio expuestas y medio escondidas, con la mitad escondida perdida en su propia geometría, conchas habitadas y deshabitadas, abandonadas por culpa del mar o de algún depredador artero, y en mi estado sobrecafeínado me imaginé al Tritón como el equivalente humano de esas criaturas con una relación conflictiva con el sol que busca ciertas horas para desvanecerse.

Por la noche me senté en nuestra mesa de cara a la silla vacía. Vi que el mesero miraba en mi dirección, quizá intrigado al verme sola. Pero el Tritón no apareció ni a las diez, ni a las once, ni a media noche. Quizá ya estaba de camino a su casa sobrevolando el océano, en ruta hacia su país misterioso con todos los cuentos que le conté. A las doce regresé a la palapa. En la distancia pude ver a los vagos de la playa. Y el océano amenazaba con devorar todo lo que tenía a la vista. Un vacío expansivo. Regresé al bar y me gasté el dinero que me quedaba en un coctel, sin dejar de mirar de reojo, inútilmente, hacia el lugar donde normalmente aparecía el Tritón, serio junto a la columna, pero no, había sido removido de la conversación de la playa y hasta ahí. El lugar se llenó de vagos, pero yo no me sentía parte del grupo y no tenía nada que compartir. Hasta los enanos dejaron de interesarme. Y sin el Tritón, el amortiguador dejó de funcionar y permití que una sombría monotonía se cerniera sobre mí. Me parecía que el mar se entrometía, agua salada que bebía y granos de arena que comía, ondeando en cada superficie. La orilla se dibujaba en cada cara, destruyendo a algunas y mejorando otras. Alguien me ofreció un churro. Le di un par de jalones y lo pasé... Playa de los muertos, el nombre reverberaba en mi interior, Playa de los muertos... Bueno, todo tipo de cosas venían a morir aquí. Aquella noche anhelé tener una de las pastillas blancas de Tomás, pero me di cuenta de que se había llevado la mochila consigo y no dejó nada más que la crisálida que era la hamaca.

Me desperté más temprano que de costumbre y me dirigí en automático hacia El Cósmico, la planta de energía de la playa más que el centro de la misma, según mis conclusiones. Extrañamente yo era la única clienta. La niña no estaba, sólo la mamá. Tras traerme un café le pregunté que qué pensaba que les había pasado a las muchachitas zapotecas, por qué habrían corrido al agua si no sabían nadar. A veces la gente tiene arrebatos, respondió de inmediato, como si lo hubiera pensado desde antes, impulsos que parecen salir de la nada, eso es lo que les pasó. Caminaban por la playa con la esperanza de vender las joyas cuando un impulso misterioso las sobrecogió a las cuatro y se quitaron la ropa y corrieron hacia el mar. Lo mismo le pasó al poeta que se ahogó, a él también lo agarró un impulso que nadie pudo entender.

¿Qué poeta se ahogó?, pregunté turbada. Ah, el año pasado, ya hace rato. Decían que aquel hombre escribía versos, pero aquí no hay ninguna librería para comprobarlo, comió y bebió un montón y luego se metió al mar y nadó muy lejos y empezó a agitar los brazos. La gente que lo vio desde la orilla no sabía si se estaba despidiendo o si pedía ayuda, al parecer sus amigos le advirtieron que la marea era peligrosa, así que no es como que no supiera del peligro. La cosa es que, tras mucho agitar los brazos, desapareció entre las olas y una hora después los pescadores lo encontraron del otro lado de la playa. Lo sacaron y lo pusieron en la arena y todos corrieron a ver; las mujeres de los pescadores le pusieron la cabeza en una almohada de hierbas y una de ellas rezó en voz alta. Parecía en paz, no se veía hinchado ni nada, y tres niños del pueblo le pusieron flores y hojas sobre el cuerpo. Normalmente, cuando alguien se ahoga se lo llevan sin mayor aspaviento, pero en esta ocasión hubo una bella ceremonia, sí, muy bella, y todos fuimos parte de la despedida de aquel desconocido. No hacía mucho sol aquella mañana, el día estaba nublado y gris, que es lo que pasa cuando alguien va a morir, y luego apareció aquel hombre que nadó muy lejos y, bueno, al parecer nadie sabía sus intenciones, pero pasó aquí mismo, muy cerca del Cósmico. A la mujer parecían gustarle las historias trágicas, tenía cierta fascinación con el infortunio. Alejé la mirada del diente de oro pero no había manera de ignorar su voz melodiosa y desconcertante, como la grabación del canto de un ave. Perdí el apetito y pedí la cuenta. Mientras caminaba por la orilla especulando sobre dónde encontrar al Tritón aquella mañana y, especialmente, sobre si también ese día estaría llena de anhelos o si algo había sido enterrado ya, detecté la choza. Ahí, azul, peculiar, a sólo unos metros del océano. Traté de recordar la ubicación anterior y la relación de ésta con los recientes movimientos de la marea. Siempre lucía inmóvil, como un enorme cangrejo ermitaño que esperaba no llamar la atención, y estaba a punto de mirar hacia otro lado cuando la puerta se abrió y de pronto salió Tomás. Con los ojos entornados por el sol se estiró como acabado de levantar antes de abrirle el paso a una mujer mayor. La salvavidas, aparentemente. Incluso a la distancia podía distinguir los afilados pómulos, las largas pestañas de la mujer y las espesas cejas que complementaban la melena negra. Llevaba un traje de baño anticuado de escote bajo y con una faldita. Nunca hubiera pensado que su profesión era salvar bañistas. ¿Dónde estaba el día que se ahogaron las niñas zapotecas y el poeta?

Atrapada por la curiosidad comencé a seguirlos, pero mi atención pronto se volcó sobre los gritos masculinos desde la orilla del mar. Estaban empujando dos lanchas hacia el agua. No solían congregarse por ahí, normalmente sólo pasaban gritando por encima de la superficie plisada del mar y se detenían más adelante donde había menos bañistas. No obstante, esa mañana habían desembarcado aquí. Y las lanchas, a pesar de estar descascaradas, estaban pintadas de azul rey, según pude darme cuenta mientras observaba a uno de los hombres que lanzaba una cuerda enrollada hacia la otra lancha y gritaba una orden, informando al operador, cuyo nombre parecía ser Gustavo, que había dos gringas que querían ir de excursión a una playa vecina. El hombre protestó. Su compañero insistió. El que se llamaba Gustavo se dio por vencido. Su voz no era gran cosa pero el traje de baño sí que lo era, verde, de cintura alta, con una raya azul en el costado. Con algo parecido al vértigo miré aquella cara medio refugiada bajo una gorra. Gustavo. El Tritón era un lanchero de nombre Gustavo. No, no podía ser. Y, sin embargo, mis ojos me indicaban que sí.

De modo que así pasaba los días, medio en tierra y medio en altamar. No me había visto porque estaba ocupado arrancando el motor de la lancha, preparándose para los pasajeros; sus brazos lucían más regordetes que fuertes en aquella camiseta de los Pumas que se le estiraba contra el pecho. ¿Era él?, quizá no; pensaba, esperanzada, que quizá no era hasta que se quitó la gorra para secarse el sudor de la frente y me reveló una cara que no dejaba lugar a dudas. Tenía los rasgos mucho más redondos de lo que se veían de noche. A diferencia de la tarde en que lo vi haciendo un castillo de arena, ahora el sol le borraba las características y la geometría eslava. Ahí estaba, Gustavo, alias el Tritón, inseguro sobre la lancha que se mecía de lado a lado. El motor emitió un sonido cascabeleante que en mis oídos se mezcló con una ráfaga al tiempo que observaba al navío y al navegante, que ahora se agachaba sobre el motor, dirigirse a mar abierto, dibujando una gran *V* sobre las olas.

El resto de la tarde se me fue entre la confusión. Encontré un lugar debajo de una palmera y sentí que el tiempo se elevaba desde la base. Elegí una palmera joven con hojas verdes, no como las otras que se iban volviendo amarillas más cerca de la punta, en general me gustaban más las plantas con ramas, me resultaban más expresivas, pero no podía evitar cierto afecto por los árboles sin brazos, los que no eran más que un tronco que terminaba en un explotar de hojas. Ligeras ráfagas levantaban la arena, llevando dos vasos de plástico hasta la orilla del mar. Un grupo de jóvenes instaló una red de volibol y comenzó a jugar. De vez en cuando miraba hacia el horizonte pero no había lanchas ni motores rugiendo a la distancia. Bandera verde: aguas calmas. Todo tan tranquilo y armonioso y, no obstante, podía detectar la aflicción del paisaje. La playa no quería cargar con toda esta gente, no quería ser escenario, quería volver a ser no más que un montón de elementos de archivo. Sentada contra el tronco de la palmera, sentía un silencio derrotado debajo de las capas de ruido y actividad.

Tomás se materializó por la noche cuando estaba en un rincón de la palapa poniéndome mi falda. Ya no estaba acompañado por la mujer de pelo negro pero olía ligeramente a algas podridas. ¿Dónde me había metido todo el día? Había estado buscándome por todos lados. Paseando, respondí. Zigzagueando por la playa. Ya veo, dijo como si zigzaguear fuera la forma más natural de caminar, y me preguntó si quería acompañarlo a una fogata. Acepté sin dudarlo: había llegado el momento de conseguir otras compañías y distracciones.

Una vez que encontramos la fogata correcta, una de muchas como un collar ardiente en la orilla de la playa, ocupamos nuestro lugar en el círculo. Dos turistas suecos, un chico de Malmö con un bigote tan delgado como un lápiz y una chica con un tatuaje de Hello Kitty en el antebrazo se encargaban de avivar el fuego, y al terminar se dedicaron a forjar un churro de diez centímetros. Habían ido a Mazunte a ver el desove de las tortugas, nos contaron, y nos juraban que nunca tendrían otra experiencia que pudiera comparársele a eso. El churro pasó de mano en mano. Alguien por ahí no había visto tortugas, pero mencionó un par de dentaduras rotas que encontró al pie de un árbol. Un tesoro menos para los buscadores. Un muchacho chileno se sentó entre nosotros, era muy alto y tenía una catarata en un ojo, visible a la luz de la hoguera. Alguien debería pintar el paisaje de tu catarata, dijo el sueco muy serio mientras el churro llegaba a su final.

Intenté insertarme en aquella escena pero una profunda melancolía de las que a veces trae consigo el ocaso comenzó a cernirse sobre mí. Todavía me costaba trabajo procesar lo que había visto por la mañana. Gustavo. Un lanchero. Local, no extranjero. Habla español, no un idioma inimaginable. Pero tras un jalón al churro, quizá dos, poco a poco me fui convenciendo de que quizá lo había imaginado, y de cierta forma el acto de imaginar tan extravagante visión me pareció más probable que la realidad de lo que había visto, y tras otro jalón en presencia del fuego crepitante que movía la luz adelante y atrás sobre las caras decidí que era posible, muy posible y que mis ojos me habían engañado. No obstante, me resultaba difícil conectar con el buen humor de todos, de hecho no tenía ganas, no estaba hecha para las fogatas, ni para fogatas ni para pícnics, en realidad, apenas les encontraba algún atractivo, sin mencionar que nunca me había gustado sentarme alrededor de un centro. Miré la fogata, los diferentes fragmentos de madera y observé los granos de arena pegados a mis pies y mi falda y, como si estuviera bajo el hechizo de un mago que nos pide que imaginemos la vida interna de los objetos, comencé a sentir que todo a mi alrededor estaba animado, tenía sus propias ansiedades y deseos que existían junto a los nuestros, y que los granos de arena, por ejemplo, estaban esperando a ser transportados a otro lugar, sólo tenían que esperar suficiente tiempo para que mis pies y mi falda los llevaran a otros lares, a comenzar una nueva vida, una vida mejor, lejos de Zipolite. Al menos las llamas ya no me recordaban a los tipos en los semáforos, de hecho ya casi nada me recordaba la ciudad, la ciudad de aquella otra vida, o quizá de una vida paralela de otra Luisa que vivía en la Roma, en una casa, con una escuela, bien cuidada por sus padres. Preferí confinar mis pensamientos al presente. Pero, poco después, volvieron de golpe a la ciudad.

Estaba pensando en cómo no se puede ver la misma llama dos veces, cada una única e irrepetible, de la misma forma en la que nunca se repite una persona, ni se repite a sí misma de la misma manera en dos momentos distintos, cuando el círculo se amplió para recibir a una pareja que se nos unió, un chico con camiseta verde y una chica con camiseta de tirantes que dejaba ver la forma de sus pezones. En cuanto la luz del fuego les iluminó la cara supe que los había visto antes. Les pregunté de dónde eran. De California, respondieron, acababan de llegar a Zipolite esa misma noche. La muchacha se ajustó la trabilla de una de las sandalias.

Son los del día de los Burroughs, dije.

¿Qué?

Del día que fuimos a la casa donde Burroughs…

¿Quién es ése?

William Burroughs.

No lo conocemos.

Sí, en Monterrey.

Sólo hemos estado en la Ciudad de México y en Oaxaca.

La calle de Monterrey, en la Ciudad de México.

Intenté explicarles pero la chica sólo hizo un ruido de desesperación y el muchacho no tenía ojos más que para el churro. Pero… No, acababan de llegar y no conocían a mi amigo Burroughs, dijeron de nuevo en voz un poco más alta. Miré a Tomás que había estado pendiente de la conversación, pero en lugar de insistir a mi favor se acercó a mí y colocó una concha de mar sobre mi cabeza, una concha no muy grande y más bien plana y juntó las manos como haciendo una pistola.

¡Pum!, gritó, y el muchacho de Malmö rio incómodo.

Cerré los ojos para no verlo y no ver la escena, imaginando por un momento a una araña colocada en la posición de las cuatro en el reloj de su telaraña. Cuando los abrí de nuevo Tomás estaba apuntando por segunda vez, sonriendo de una forma que no tenía nada de juguetona.

Algo me hizo levantar la mirada.

La concha se resbaló cuando levanté la cabeza.

Y vi a mi padre.

O por lo menos a alguien que se parecía increíblemente a mi padre.

Entre las llamas temblorosas, una cara querida y familiar.

Me miró sin decir palabra, con una expresión imposible de leer y se alejó.

Agarré a Tomás del brazo.

¡Mi padre está aquí!

La sonrisa siniestra despareció rápidamente.

Estás alucinando.

No, de veras vi a mi padre.

¿Dónde?

No sé… Me vio y se fue.

¿Por qué vendría hasta aquí sólo para verte e irse?

Sacudí la cabeza.

¡Primero ves a los enanos y luego ves a tu padre!

Los otros se rieron.

Estoy segura de que era él.

En ese caso, ve a buscarlo y tráelo para que nos presentes.

Los sonidos del océano se elevaron hasta ser un clamor ensordecedor, y mis sentidos se realzaban al tiempo que corría desde la hoguera hacia la noche, pero los nervios me llevaron a la palapa equivocada en donde me topé cara a cara con un hombre de ojos profundamente rojos. Saltó de la hamaca y me amenazó con una botella, había otras más regadas sobre la arena, y gritó: ¿sí?, con voz ronca y despreciable.

En mi palapa no había nadie. Tampoco en las palapas cercanas, sólo un vacío espectral, por todos lados, como si, además del borracho, todos los demás hubieran decidido desaparecer. Los únicos seres que vi, a la distancia, fue a los buscadores de tesoros agachados y concentrados en su misión, indiferentes a los dramas que se llevaban a cabo en la playa.

De regreso en la fogata Tomás me estaba esperando. Me tomó del brazo y me llevó hasta la orilla. Incluso en la oscuridad pude ver, o más bien sentir, que su expresión fluctuaba entre el miedo y la furia. Están aquí, murmuró, están aquí.

¿Qué quieres decir?, pregunté, aunque sabía, en parte, a lo que se refería.

Todavía tomándome del brazo señaló hacia algún punto indeterminado del espacio entre el mar y la fogata. Y ahí estaba mi padre, porque ahora estaba segura de que era él y, a su lado, un hombre con boina que se parecía a Tomás pero mayor, y más allá, varios hombres más, estaba demasiado sorprendida como para contar cuántos, algunos de uniforme y otros vestidos de civil. Todos miraban hacia nosotros, sin media sonrisa. El océano contiene la noche más larga de todas, en la profundidad la noche es perpetua, una oscuridad densa y absoluta jamás tocada por el sol, la luz puede penetrar el agua pero sólo hasta cierto punto, y gran parte del océano es opaca por siempre; a treinta metros la noche dura diecinueve horas, a cuarenta y cinco metros la noche no cede más que durante quince minutos del día solar, y en esos quince minutos ofrece sólo un crepúsculo pasajero, nada más.

Mi padre se acercó con paso cansado y desaliñado. ¿Qué pasó?

Una pregunta para la que no tuve respuesta.

Lo viví todo como una sonámbula, órdenes paternas y otras maternas de segunda mano, como dos reflectores apuntados hacia mí, y estaba demasiado cansada para pensar por mí misma, aliviada por dejar el viaje, lo que quedaba del viaje, en manos de alguien más, sin más decisiones que tomar, sin dormir en la hamaca, me alimentarían y me cuidarían y yo no tendría que preocuparme por nada. ¿Comiste algo? preguntó mi padre antes de ubicar una fonda que accediera a darnos servicio a media noche. Sobre la arena había cuatro sillas azules y una mesa cuadrada, a metros del mar. Las olas del Pacífico eran altas, blancas, eléctricas. Me senté frente a Tomás, y nuestros padres uno frente al otro. En el centro de la mesa había una lámpara de aceite que convertía nuestras caras en máscaras. Mi padre pidió una orden de tacos de papa para mí y un poco de arroz. Los otros comieron camarones y pescado. Tomás pidió una Corona y luego otras tres, haciendo mucho ruido cada vez que daba un trago mientras su padre lo miraba por el rabillo del ojo.

Después de la cena se dijo muy poco y fui por mi mochila a la palapa. La lámpara del techo brillaba intensamente pero no había nadie alrededor. Mientras tanto, mi padre había pedido usar el teléfono de la fonda para llamar a mi madre y decirle que me había encontrado. Al parecer había pedido hablar conmigo, pero la llamada se cortó y no fue posible volver a comunicarse.

Un placer conocerlo, le dijo el señor Román a mi padre extendiendo la mano, me alegra haber encontrado lo que buscábamos. Luego se despidió más formalmente del chofer y de los policías. Todos se quedaron parados bajo una nube de ¿esto es todo? hasta que uno de los policías se dio la vuelta y caminó hacia las patrullas. En cuanto a la despedida de Tomás, fue tan poco entusiasta como todo lo que pasó antes. A lo mucho media grieta partida en dos abandonada sobre la arena de Zipolite. Y cuando dijo: sabías que esto pasaría, lo sabías, qué más podía yo decir que claro que no, nunca pensé que nadie vendría a buscarme, no se me había ocurrido siquiera, y ésas fueron las últimas palabras que le dije antes de que mi padre y yo subiéramos al coche.

El chofer nos llevó por calles oscuras enmarcadas por follaje inidentificable, en las que las criaturas de la noche se detenían en seco mientras pasábamos a su lado, y pensé en el poema de Baudelaire y lo que parecía significar, sobre cómo imaginar viajes es mejor que los viajes mismos ya que ninguna travesía puede satisfacer el espíritu humano; en cuanto uno emprende la marcha, las fantasías se enredan entre las cuerdas y las aves negras de la duda comienzan a volar en círculos sobre la cabeza del viajero.

Los caminos eran cada vez menos discernibles y obtenían sustancia sólo de las luces del coche, y aunque no había ninguna señal visible, pude sentir por el aire y las formas borrosas que nos alejábamos de la costa, tierra adentro. La idea resultaba reconfortante. Mi padre parecía a punto de dormirse y yo también, cuando dimos vuelta en un camino de terracería que se convirtió en una calle que se convirtió en una plaza y al final de la plaza el chofer se detuvo frente un gran edificio colonial.

Nuestro hotel, un exconvento del siglo XVI con puertas talladas, altos techos y candelabros musculares, se llamaba el Parador del Mar. Un hombre que claramente se acaba de despertar nos llevó a nuestro cuarto, arrastrándose por el corredor como si tuviera grilletes en los tobillos. Camas paralelas en extremos opuestos, un gran baúl de madera con una televisión arriba, dos sillones de cada lado de una chimenea con mosaicos, un ropero con gruesas puertas confesionales. Lo contemplé todo sin sentirme parte de ello. Mi padre se sentó en uno de los sillones y yo en el otro, con la chimenea entre los dos como un árbitro seguro. El cuarto estaba frío, todo piedra y sombras, con el techo atravesado por vigas de madera. Vi el montón de leños junto a la chimenea, pero temí que estuvieran habitados por arañas. Al principio nos sentamos sin hablar, cada uno absorto en sus pensamientos, en el camino bifurcado de las más recientes experiencias. Pero no podría descansar hasta haber hecho la pregunta.

¿Cómo me encontraste?

Es una historia muy larga.

Estoy lista.

Mañana… Hoy no tengo fuerzas. Es el primer momento en que me puedo relajar desde que salí de la casa. Tú también debes estar cansada.

¿Cuándo saliste de la casa?

Me parece que fue hace mucho tiempo.

Sólo quiero saber cómo me encontraste.

Vamos a dormir. Mañana hablamos, dijo, y cerró los ojos.

Imaginé que la distancia hasta su cama sería demasiada, así como pesada le resultaría la idea de tener una conversación, y al ver a mi padre quedarse dormido, un hombre que parecía mayor a sus cincuenta y seis años, sentado en el sillón, me sobrevino un torrente de emoción, y cómo no, de sólo pensar que en todo el tiempo en que yo estuve paseando por Zipolite concentrada en cosas que, en retrospectiva, habían perdido importancia, mi padre había estado dando vueltas por Oaxaca con un solo objetivo en mente. Tras quién sabe cuántos días, lo había conseguido, mientras que mi objetivo... Bueno, resultaba complicado decir dónde caía en el espectro de los logros, pero por ahora no me preocuparía por eso, la cama me llamaba, una cama sólida, con capitel, que no se mecía ni me engulliría, ni serviría de pista de aterrizaje para grandes insectos zumbantes, y tras quitarme los zapatos apagué las lámparas, aunque aún podía ver la silueta de mi padre en el sillón gracias a la luz que se colaba desde la plaza. Y aquella imagen me trajo calma.

Tomamos el desayuno en el patio bajo cascadas de buganvilias color fucsia. Durante el tiempo que pasé en la playa casi había olvidado la generosidad de las flores, así como la sensación de los espacios cerrados. Tras pedir todos los platillos vegetarianos del menú —crepas de huitlacoche, quesillo a la plancha, papas fritas, tomates fritos, nopales fritos, quesadillas— mi padre, al fin, se embarcó en una crónica de la búsqueda. Varias veces mientras hablaba se me fue el hambre, pero cada vez que yo hacía una pausa y bajaba el tenedor, él decía: come, Luisa, o no sigo contando, aunque él también hacía frecuentes pausas, ya fuera para recordar algún detalle —pareció dejar fuera muy pocos— o la secuencia exacta de los eventos o, por momentos, porque se abrumaba. Y mientras hablaba un pájaro cantaba desde arriba, insistente pero invisible entre la buganvilia, y cada vez que me sentía turbada miraba hacia arriba e intentaba encontrarlo, en busca de la sensación de seguridad que podría traer consigo el avistamiento, pero seguía escondido, sin compartir nada más que la voz que punteaba el monólogo de mi padre, que describía éxitos y derrotas, momentos de duda y la insistencia de mi madre por que no se rindiera.

Ese día, cuando no volviste de la escuela, al principio no me preocupé. Tu madre dijo que habrías ido a casa de Marcela para hacer una tarea de Historia. Sólo cuando llegó la hora de la cena y no habías aparecido empezamos a ponernos ansiosos, pero cuando llamábamos a casa de Marcela sonaba ocupado. Así que fuimos a su casa en coche, hasta allá por Tlalpan, en la privada en la que vive. Grité tu nombre y el de Marcela hasta que una de las muchachas del servicio se asomó a la ventana. Nos dejó pasar. Ya en la casa tocamos el timbre y abrió el papá de Marcela, que no se mostró muy amigable. Dijo que no te había visto y que no sabía dónde estabas, y nos cerró la puerta en las narices... Pero cuando estábamos a punto de irnos la puerta se abrió de golpe. Era Marcela en camisón que gritó cuatro palabras —está con Tomás Román— antes de que la jalaran de vuelta al interior de la casa.

Recordamos que habías salido con este personaje un par de veces y siempre regresabas más tarde de lo acordado. También de que le mencionaste a tu madre que se había salido de la escuela y que no estudiaba. Pero en la misma conversación compartiste un dato muy útil: que su mamá enseñaba Arte en una escuela cerca del cine Ángel. Al día siguiente nos asomamos por una ventana en un salón de clases donde había una maestra rodeada por alumnos mientras daba forma a una vasija en un torno. Esperamos siglos a que sonara el timbre que anunciaba el fin de la clase, y cuando salieron todos los alumnos nos metimos al salón. La madre de Tomás parecía sorprendida e insistió en que no tenía idea dónde estaba su hijo. Quizá su marido sabría algo más. Anotó la dirección de la oficina del marido y nos dirigimos hacia allá. El edificio tenía enormes grietas y hasta pedazos de concreto colgando, le dije a tu mamá que me esperara en el coche. El nombre de Juan Román aparecía en el directorio del lobby y tomé el elevador al piso seis o siete… Era un lugar extraño, con oficinas tristonas a lo largo de un corredor: primero una agencia de viajes cubana, luego las oficinas de una difunta revista llamada *Calambres*, y luego una oficina con una placa en la puerta que decía Pérez y Román. Toqué y no contestó nadie, pero la puerta estaba abierta, así que me metí. El lugar parecía abandonado, las ventanas estaban cubiertas de mugre, los diplomas en la pared estaban chuecos, el dispensador de agua estaba vacío y los escritorios estaban cubiertos de fólderes.

Cuando estaba a punto de irme entró un hombre por una puerta lateral. Llevaba una boina y me dijo su nombre, Juan Román. Quizá fue mi imaginación, pero me pareció nervioso; no pude evitar pensar que quizá su esposa lo había llamado para avisarle. Me ofreció asiento y dijo una sola palabra: Oaxaca. Me dijo que su hijo iba varias veces al año y que era su lugar favorito. No podía garantizarme que estaría ahí, pero si tenía que adivinar, diría que su hijo estaba en Oaxaca, quizá en la costa. Sentí vértigo y pedí un vaso de agua. El señor Román me recordó que el garrafón estaba vacío. Le pedí que me acompañara a la agencia de viajes, donde había una mujer sentada entre pósteres de destinos tropicales. Estaba leyendo el *Reader's Digest* pero lo bajó cuando entramos. Le pregunté por vuelos a Oaxaca. Me dijo que había uno esa tarde a las siete y media. Le dije que quería comprar dos boletos. El señor Román me interrumpió y dijo que a él le daba miedo volar. Él tomaría el tren y se encontraría conmigo ahí dos días después, en el café principal de la plaza a las cinco de la tarde.

Antes de salir hacia el aeropuerto recordé a un viejo conocido del pasado, alguien a quien alguna vez le escribí una carta de recomendación; tras una carrera fallida en la academia se metió a la política y lo acababan de elegir gobernador de Oaxaca. Busqué su tarjeta y lo llamé. No sólo me prometió ayudar a encontrarte, me dijo que mandaría a alguien a buscarme al aeropuerto para llevarme al hotel y, además, me asignaría varios agentes de policía y un coche. También correría la voz por el estado. Y que si se me ocurría algo más, que le avisara. Ésa es la generosidad mexicana, Luisa, a nivel de estado.

Tu madre me ayudó a empacar. Decidimos que ella debía quedarse y esperar en la casa, en caso de que llamaras o volvieras. No recuerdo mucho del vuelo salvo que intenté dormir una siesta y no pude. En el aeropuerto de Oaxaca me estaba esperando un hombre que tenía un letrero con mi nombre mal escrito en letras negras. Tras dejar la maleta en el hotel me llevó al palacio municipal a encontrarme con el licenciado Augusto

Ardilla, sí, así se llamaba, y era el secretario del gobernador. Me pregunté si tenía alguna foto tuya. Por suerte tenía una en la cartera, tomada el día de tu cumpleaños el año pasado. La analizó y me preguntó si tenía alguna del muchacho. Le dije que no, que no lo conocía. Así que describí a su padre. Ardilla anotó la información con una Montblanc y luego levantó el teléfono y llamó a alguien que resultó ser el jefe de la policía estatal de Oaxaca, y le ordenó que avisara a sus hombres. Miró tu fotografía y te describió. Sólo una cosa, le dije cuando colgó, si sus hombres los encuentran, le pido por favor que traten a mi hija con respeto. Desde luego, me dijo. Sus hombres sólo eran violentos cuando las circunstancias lo ameritaban. Tras aquel eficiente intercambio en el palacio municipal fui a cenar a un café en el zócalo. Me senté en una mesa mirando al frente para poder ver a la gente que pasaba, con la esperanza de que alguna de las caras que cruzaban frente a mí al atardecer fuera la tuya.

A la mañana siguiente, durante el desayuno, tuve una idea: la terminal de autobuses. Quizá habías reservado boletos para Puerto Escondido o alguna otra playa. Cada uno de mis pasos ahora los seguían otros: Ardilla había asignado a dos policías judiciales con instrucciones de seguirme a todos lados, dos tipos taciturnos que sólo hablaban cuando se les dirigía la palabra. El chofer, Abraham Reyes, era más amigable. Los tres hombres me esperaban en el lobby. En la terminal de autobuses le pregunté a un viejo en la taquilla si podía ver la lista de pasajeros que habían comprado boletos para Puerto Escondido en los dos últimos días. Primero me observó con suspicacia. Le expliqué que estaba buscando a mi hija. Al principio de la segunda hoja estaba el nombre Tomás. Alguien de nombre

Tomás había comprado dos boletos para el siguiente camión a Puerto Escondido, que salía aquella mañana a las once. Los policías sugirieron que no me dejara ver en la terminal porque podías esconderte si me veías. Los pasajeros empezaron a llegar, la mayoría mexicanos y también algunos turistas. Revisé el callejón donde esperaban los camiones estacionados con los motores encendidos, pero no estabas por ahí. El camión se llenó, tenía todos los asientos ocupados, incluidos los dos reservados por Tomás. En la plaza invité a comer a mis acompañantes.

Mientras comíamos un joven con una libreta se me acercó y me dijo que le parecía conocido, que tenía cara de alguien famoso pero que no se acordaba del nombre… Y que seguramente sí era famoso si el gobernador me había prestado dos policías y un chofer. Me preguntó mi nombre y el motivo del viaje. Me pareció que era momento de hacer una broma para aligerar las cosas y le di el nombre de un novelista muy conocido y más bien pomposo, bueno, ya sabes de quién hablo. Los ojos del hombre se abrieron mucho y yo intenté no reírme y volvió a preguntar el motivo de mi viaje. Le dije que volviera al día siguiente y le daría una respuesta. Y se fue con todo y libreta, antes de que pudiera preguntarle para qué periódico trabajaba.

A pesar de aquel breve momento de comedia mi optimismo disminuía. La posibilidad de encontrarte parecía más remota con cada hora que pasaba. Llamé a tu madre y le dije que estaba perdiendo la esperanza. Volvería la siguiente noche después de ver al señor Román. Pero insistió en que no me diera por vencido. Si yo no te buscaba, ¿quién lo haría?, y ¿acaso queríamos estar en la casa esperando que sonaran el teléfono o el timbre? No podíamos dejar tu destino en manos de otros. Después del desayuno volví a la terminal para examinar a los pasajeros del día con rumbo a Puerto Escondido. Sólo uno me llamó la atención, una joven rubia con una gran maleta que apenas podía cargar. Su parecido con la hija de un colega mío era tal que me acerqué a preguntarle si se trataba de Naira Blau, de Múnich, a lo que respondió con acento francés que no, que nunca había oído hablar de esa tal Naira Blau, pero que si la ayudaba con la maleta. Tras ayudarla a subir al camión le mostré tu fotografía y le pedí que, si te veía en cualquier lugar, te dijera que por favor llamaras a casa inmediatamente.

Abraham y los dos policías estaban esperando en el lobby del hotel. Acordamos encontrarnos dos horas más tarde en el café del zócalo. En vista del largo y pesado viaje que teníamos por delante, Abraham fue a la comandancia a cambiar el Ford por algo más robusto.

El señor Román ya estaba en el café, armado con su boina y una copia del *Unomásuno*. Me miró fijamente. Me pareció que sabía más de lo que decía. Después de que el mesero nos trajo los cafés dijo que había tenido una idea. San José del Pacífico. En la sierra. En el punto más alto. Dijo que a su hijo le gustaba ese lugar por la vista y, bajando la voz, agregó, y por los hongos... ¿Y si no los encontramos? Entonces iremos a la costa.

Se alarmó ligeramente Abraham y los dos policías se acercaron a la mesa. Le expliqué que aquellos hombres nos acompañarían. Abraham levantó un juego de llaves y dijo que teníamos una muy buena camioneta roja. Media hora después estábamos en la carretera, Abraham y yo adelante, el señor Román y los dos policías atrás. Más allá de la ventanilla había un teatro de tonos de color verde, principalmente piedras colonizadas por el musgo, seguro que tú también las viste, pero el señor Román hacía una pregunta tras otra, haciendo imposible que disfrutara del paisaje, incluso cuando fragmentos de carretera se rompían y caían en picada por el barranco del otro lado. Es, después de todo, una de las carreteras más sorprendentes y traicioneras del mundo… Fue sólo cuando Abraham señaló una cima en la distancia, un triángulo miniatura contra el cielo azul intenso y dijo que aquél era nuestro destino, que el señor Román se calló.

Ciertas partes del camino eran demasiado angostas como para que pasaran dos coches al mismo tiempo. Un abismo de altos árboles se erguía a ambos lados. Abraham atacó cada curva mientras la camioneta subía por el sinuoso camino, en el que árboles caducos cedían el paso a los pinos. Una capa de niebla envolvió el coche cuando llegamos a un pueblo rudimentario sin letreros ni tiendas. Ese lugar se llamaba San José del Pacífico porque, se supone, se puede ver el océano Pacífico desde la cima. De un lado el océano y del otro el Golfo de México. Pero ese día no se veía ni el final de la calle. Todos nos bajamos para estirar las piernas. Cuando un perro callejero pasó cojeando y vi cómo la niebla se tragó al raquítico animal me di cuenta de que no había ni rastro ni promesa de tu presencia en ese pueblo que flotaba por encima del resto del mundo. Esa idea pronto se vio reforzada por una visión extraña: cuatro hombres con sombreros y sarapes salieron de entre la neblina, acercándose a mí por el camino empedrado, pasando frente al esqueleto de un árbol, viajeros de y hacia un destino desconocido para los que San José del Pacífico no era más raro que cualquier otro pueblo por el que hubieran pasado. Los hombres llevaban los sombreros bien encasquetados, las caras escondidas casi por completo y su imagen, incluso más que la del perro, capturaba la atmósfera fantasmal de los pequeños pueblos de montaña mexicanos que pertenecen más a las nubes que a la tierra.

Intentemos en Pochutla, propuso Abraham Reyes cuando todos volvimos al coche. Es un pueblo mucho más grande, dijo, y está de camino a Puerto Escondido. Bajamos las ventanillas para dejar entrar el aire de la montaña. Un vehículo se nos acercó. El conductor sacó la cabeza para advertirnos que adelante había dos puentes que estaban a punto de colapsar. Nos dijo que, de ser posible, los evitáramos. Abraham le dio las gracias y seguimos el camino. Habíamos llegado demasiado lejos para echar atrás; nos la tendríamos que jugar.

Sin duda, el estado del primer puente era bastante amenazante, una serpiente de madera podrida que se extendía a través de un vacío tan enorme que pondría a temblar a un dragón. Los policías se persignaron mientras el coche avanzaba. Por un costado cayeron un par de piedras y algo que parecía una tabla. Rebotábamos arriba y abajo, como si el puente que cruzábamos estuviera calculando nuestro peso, decidiendo si dejarnos pasar o lanzarnos al abismo. Tuve que obligarme a no ver por la ventanilla. Cuando estuvimos a unos metros de la salvación Abraham pisó el acelerador y pasamos volando el último trecho.

Un kilómetro después apareció el segundo puente, más largo que el primero. Éste bailaba al viento. También estaba hecho de madera podrida, se veía débil y astillado incluso a la distancia. Le faltaba la mitad de las tablas laterales. Era más angosto que su predecesor y todas sus características dibujaban la traición. Si nos regresábamos tendríamos que cruzar el primer puente de nuevo. Ahí estábamos, entre Escila y Caribdis, y ni siquiera habíamos llegado al mar. Abraham dejó que el coche avanzara tan despacio como le fue posible. Nadie dijo palabra, de hecho, casi ni respiramos, ya no digas mirar abajo: lo mejor era no reconocer la inmensidad de la caída. Varios minutos eternos después estábamos del otro lado.

Pero una vez sorteado el reto de los puentes apareció una nueva fuente de ansiedad. Más adelante pasamos un coche café lleno de policías a toda velocidad en dirección contraria. No fue sino hasta que el coche fue un puntito en el horizonte que Abraham dijo que le había parecido ver a una muchachita sentada dentro, entre los policías. ¿Cómo era? Llevaba una camiseta anaranjada y tenía el pelo negro, dijo.

¿Si eras tú la que estaba en el coche, qué hacías ahí? ¿Ibas con rumbo a San José del Pacífico o más lejos? ¿Ibas a pasar la noche con esos hombres o qué? Dije que debíamos dar la vuelta inmediatamente y seguir a ese coche. Pero nadie estuvo de acuerdo; era improbable que se tratara de ti, argumentaron, y aunque fuera así no podríamos alcanzarlo jamás, a menos que voláramos por la sierra. Primero iríamos a Pochutla. Y si no estabas ahí, hablaríamos de regresar, me prometió Abraham. No obstante, la idea de regresar y pasar por la misma ruta, por los puentes y todo, nos parecía una muy mala broma.

Al llegar a Pochutla, un pueblo encaramado a media ladera de la montaña, nos dirigimos a ver al jefe de la Policía Judicial. El aire había refrescado durante el descenso, y antes de entrar me puse la camisa de una piyama debajo de la ropa. El tipo parecía no haber dormido en días. Tenía la voz débil, así como el apretón de la mano al saludar. Me dijo que había buscado por doquier: cantinas, restaurantes, incluso en la cárcel. Su hija no está aquí, dijo. No ha estado aquí nunca. Su asistente nos sirvió una taza de café a cada uno. Bueno, pues hay algo que me gustaría saber, dije con la mente fija en el coche café: ¿cuáles son los crímenes más comunes en esta zona de Oaxaca? Homicidios, respondió. Y ¿quiénes son las víctimas? Es difícil decirlo, dijo. Ya sabe usted que la violencia en nuestro país es fortuita. Y después de los homicidios, ¿cuáles otras son las principales causas de muerte? La marea de la costa es traicionera, respondió, la gente se ahoga todo el tiempo... La corriente se lleva hasta a los mejores nadadores. La corriente es suave por la mañana pero se pone muy fuerte por la tarde. Todos los años se ahogan turistas, pero también algunos de los nuestros. Me sentí palidecer y me tomé de un trago el resto del café. Pero no se preocupe, me dijo, estoy seguro de que su hija está bien. Le daré dos hombres más. Ellos le ayudarán a buscarla. Tocó una campana y entró un policía chaparrito, seguido por un adolescente con una camiseta de Black Sabbath. Éstos son Juan Manuel y Jaime, su asistente. Ellos le ayudarán a encontrar a su hija. Mientras les estrechaba la mano me pregunté cómo harían estas dos nuevas personas para llevarme más cerca de ti.

Disculpe, ¿ya vio el periódico de hoy?, preguntó Jaime. Dije que no. Salió corriendo y regresó con *El Sol de Oaxaca*, el diario sensacionalista local. Desplegado en grandes letras en la primera plana se leía el titular HIJA DE NOVELISTA SECUESTRADA POR JOVEN EUROPEO. De inmediato, en la menté recorrí los encuentros tenidos en Oaxaca en los últimos días hasta que al final recordé al reportero que se me acercó en el café. Había olvidado nuestra cita pero, evidentemente, alguien más lo había puesto al corriente. El artículo era breve y lacónico. Decía que el Sr. X, el famoso novelista, había llegado desde la Ciudad de México para ayudar en la búsqueda de su hija. El gobernador le estaba ayudando. Por lo que se refería al joven, se trataba de un desconocido. Había venido a México como turista y se sabía que había estado cazando muchachas mexicanas. El reportero especulaba que era de origen suizo o austriaco, y podía ser fácilmente identificado por tener la piel muy blanca y los dientes puntiagudos.

No te preocupes, Luisa, el señor Román no vio el artículo. Él estaba esperando en el coche. En cuanto volví al asiento del pasajero, dijo una sola palabra: Zipolite. ¿Zipolite? Sí. Creo que deberíamos ir directo ahí. Pero ¿y el coche café? Ésa no era su hija. Y si sí, nunca la encontraremos en la sierra. Creo que tiene razón, dijo Abraham Reyes, intentemos en Zipolite. Es muy popular entre los jóvenes. A Tomás le gusta más que ningún otro lugar en Oaxaca, agregó el señor Román. Eso mismo dijo usted sobre San José del Pacífico, le contesté.

Y así fue como finalmente llegamos a Zipolite.

Incluso en la oscuridad pude reconocer el largo trecho de arena, el cabo pedregoso, los palmares, la procesión de búngalos y palapas, una caleta de un lado y enormes acantilados del otro… No podía explicar por qué, pero por primera vez sentí que nos estábamos acercando. Juan Manuel y Jaime me recomendaron buscar a un tal Apolonio Cervantes, dueño de un restaurante llamado El Árbol. Es como un pastor alemán, me dijeron, no se le escapa nada y le abre un expediente a toda presencia nueva.

No se preocupe, me dijo Apolonio cuando me presenté, encontraremos a su hija. Tomó una gran linterna y les pidió a los otros que se quedaran en El Árbol al tiempo que le ordenó a su esposa que les llevara cerveza y camarones secos.

Caminamos por la playa y Apolonio apuntaba la linterna a todas las caras que se cruzaron por el camino, sorprendiéndolas a casi todas. Pero ninguna era tu cara. De nuevo comencé a desesperarme. Entonces se me acercó Abraham Reyes, me tocó el hombro y señaló hacia un grupo de personas sentadas alrededor de una fogata. Me acerqué sigiloso e inspeccioné a todos a la luz color ocre. Había un muchacho con un bigote delgadito y una chica con un tatuaje, y un muchachito de orejas puntiagudas y junto a él, alguien parecida a ti.

¿Parecida a mí?

Pues sí, en ese momento no estaba seguro de nada. Me parecías otra. Pero un acto no cambia la unidad de un ser humano. Cuando te volviste a verme no supe qué decir. Me alejé. Y estaba junto a una de las palmeras tratando de ordenar mis ideas cuando apareció el señor Román y me preguntó si te había visto. Ahí están, me dijo. Y, bueno, ya conoces lo demás. Tu amigo Tomás se puso a la defensiva —supongo que sabía que, al tener sólo diecisiete años y él diecinueve, podían acusarlo de secuestro de menores—y no perdió tiempo en decirme, como si yo no lo supiera, que su padre era abogado. Dijo que él era responsable de sus actos y sólo de sus actos y que había sido tu idea fugarte de la casa.

No supe qué responder al último comentario, así que me dediqué a comer, y cuando mi padre llegó al final de su crónica me di cuenta de que me había terminado toda la comida que tenía frente a mí y que había colocado los cubiertos sobre el plato vacío, como lo estaban también la taza, el vaso y hasta la jarra. Y aunque había llegado al final, percibí que no esperaba que yo dijera nada, temía lo que pudiera decir y siguió hablando para llenar el silencio. Sentí deseos de decirle que *no había pasado nada*, aunque claro que *había* pasado *algo*, pero no con la persona que él suponía, y a estas alturas yo quería decir sólo la verdad, aunque ya no estaba segura de cuál era.

Dejamos atrás el hotel con sus candelabros y buganvilias y el pájaro invisible y viajamos en silencio todo el recorrido del taxi hasta el aeropuerto de Huatulco, así como todo el vuelo hasta la Ciudad de México. Los motores vibraban bajo los asientos y, con algo parecido al vértigo, me asomé por la ventanilla para ver la costa, un paisaje similar a aquel del que acababan de arrancarme, franjas de mar de diversas gradaciones de azul, como muestrario de colores. Me imaginé a Tomás encaramado en una piedra con su padre y a Mario y los perros durmiendo bajo una palmera, y Gustavo en su lancha, mientras el Tritón esperaba sentado en nuestra mesa del bar —en las últimas veinticuatro horas, se habían separado hasta convertirse en dos entidades distintas— y la supuesta salvavidas de la choza azul pálido, pendiente de los ahogados y, más allá de la choza, las aguas llenas de monstruos marinos que no había explorado adecuadamente. Y mientras miraba abajo, sobreimpuesta en la vista aérea mi recuerdo del dibujo de Tomás en el mantel, se me ocurrió que con o sin naufragio, la gran mayoría de los viajes termina en fracaso, y desde el principio nos dirigimos a la isla equivocada, pasando de largo nuestro destino o, al menos, el que creíamos que era nuestro destino, aunque quizá nunca lo fue ya que la realidad debe ser que los barcos que se dirigen a Citera terminan en la isla de enfrente, o que por cada barco que atraca en Citera hay otro que sigue adelante hacia la isla más pequeña cuya geografía trabaja en contra de las maquinaciones de Cupido. Desde el momento mismo en que salimos Tomás y yo fuimos con rumbo a Anticitera, mientras un ejército de carcoma daba cuenta del mástil, pensaba mientras el avión se elevaba por los cielos más y más alto, y el agua y la tierra de abajo se alejaban hasta ser eclipsadas por una densa capa de nubes.

¿Qué pasó? Una pregunta, un evento, comprimido en un puño, como una frase comprimida en un apóstrofo que, cuando se suelta, vuelve a su forma original. Los buzos de Symi bajaron en busca de esponjas y volvieron a la superficie con náufragos de cobre y mármol de otros tiempos. Compresión y descompresión de los pulmones, historia descomprimida de un naufragio, el movimiento del océano comprimido hasta volverse esponja.

Al desembarcar del avión en la Ciudad de México nos recibió un equipo de empleados aeroportuarios en silla de ruedas, parte de un programa de empleo para personas con discapacidad, todos bien peinados y ceremoniosos en los uniformes gris paloma, sonrientes, saludando con la mano, indicándonos el camino hacia la zona de control de pasaportes. Eran mucho más amigables que los individuos tiesos que normalmente se encontraba uno ahí, y el movimiento de sus brazos cambió poco a poco hasta convertirse en los instrumentos de neón del anuncio de Baco del Periférico. Encumbrados sobre el río de coches, los instrumentos de neón seguían fieles a sus funciones, las tijeras abriendo y cerrando, el compás dando vueltas, la regla, el lápiz, cada uno tomando medidas urbanas, el largo y ancho de los días, de rutas seguidas e ignoradas.

Poco tiempo después nuestro taxi estaba atorado en el tráfico de la hora pico. Pasaba de moverse, a moverse poco a no moverse nada, acompañado por un coro de cláxones: empezaba uno y le seguían los demás, repitiendo el mismo aullido de impaciencia. Y todos esos complicados tréboles y laterales, las calles paralelas cubiertas de grafiti indescifrable en el que el lenguaje se volvía dialecto alejado del origen. Mi padre acababa de bajar la ventanilla, el aire acondicionado no funcionaba, cuando un batallón de Volkswagens nos rodeó. Ellos también intentaban avanzar, puntitos verdes y amarillos en medio de los vehículos más grandes, un código Morse de frustración en el camino. Pero ¿por qué me sorprendía? Después de todo las cosas se reconfiguraban, como en todas las ciudades, configurar y reconfigurar, pero no pude evitar la impresión de lo rápido que la vista había cambiado de tráfico de olas a tráfico de automóviles, hacía veinticuatro horas yo seguía en la playa y ahora estaba sentada en un coche, de vuelta al centro.

Poco antes de las seis —liberados, finalmente, de las garras del tráfico— el taxi se detuvo frente a la casa. Llevé las maletas hasta la puerta y las dejé caer sobre el pavimento mientras mi padre negociaba con el chofer, que no tenía el cambio correcto. Miré el timbre y dudé. Luego observé la casa junto a la nuestra. Habían terminado el techo, la fachada estaba pintada de color gris tiburón. Los tres barrotes torcidos de antes fueron reemplazados por una imponente puerta de metal que ahora señalaba la entrada. Las ventanas de la planta baja tenían barrotes y una reja eléctrica zumbaba alrededor de la pared exterior. Parecía que los albañiles habían logrado avanzar mucho durante mi ausencia. A pesar de la camaradería, ¿su amistad seguiría vigente después de cada trabajo de construcción?, me pregunté, o se iría diluyendo cuando terminaban una casa y se iban a trabajar a otras. Quizá, cuando algo ya está construido, es más fácil despedirse.

De pie afuera de la casa, pensando en este tema importante, tuve la sensación de ser observada. La cara de mi madre en una de las ventanas de arriba. El vidrio estaba sucio y no alcanzaba a ver su expresión, pero veía el círculo ceroso de su cara inclinado hacia donde yo me encontraba. Levanté un brazo y saludé —la puerta del balcón estaba abierta— pero en ese momento pasó un camión repleto de bicicletas viejas y, mientras me debatía entre tocar el timbre o esperar a que mi padre terminara de hablar con el taxista, me di cuenta de que quería prolongar este momento cuanto fuera posible, permanecer suspendida en aquel estado entre el viaje y el regreso. Oí que el taxi se alejaba y los pasos de mi padre, y decidí que no les diría nada, no le diría a nadie lo que había pasado, lo guardaría en una cámara profunda y lejana pero, incluso mientras me hacía aquella promesa, sabía que sería inútil, porque no importa cuánto intentes mantener los recuerdos a raya, la raya que dibuja las bahías se erosiona, los castillos de arena colapsan y las sirenas ahogadas vuelven a la superficie.

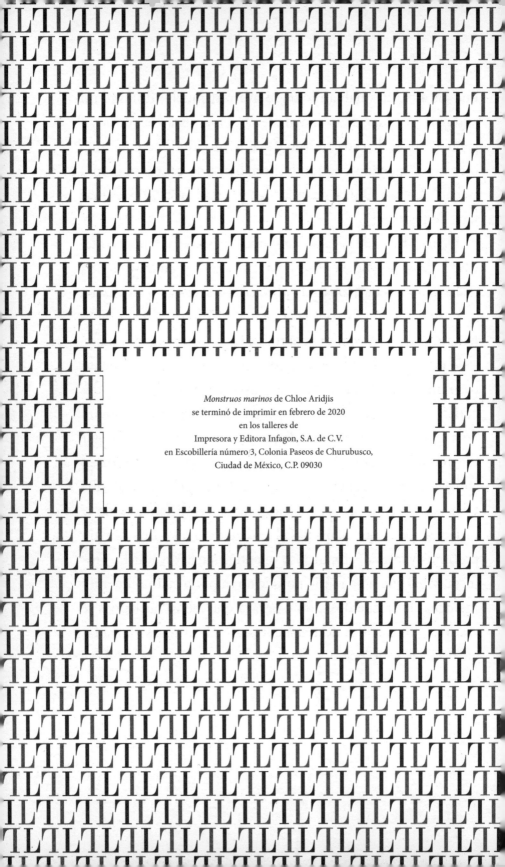

Monstruos marinos de Chloe Aridjis
se terminó de imprimir en febrero de 2020
en los talleres de
Impresora y Editora Infagon, S.A. de C.V.
en Escobillería número 3, Colonia Paseos de Churubusco,
Ciudad de México, C.P. 09030